T0203559

Ales junto a la hoguera

Jon Fosse (Noruega, 1959) está considerado uno de los autores más importantes de nuestro tiempo. Su obra ha sido traducida a cuarenta idiomas y sus piezas teatrales han sido representadas en todo el mundo. Debutó en 1983 con la novela *Raudt, svart*, y desde entonces ha escrito más de sesenta obras entre teatro, novela, poesía, cuentos infantiles y ensayo. Autor de una numerosa obra, entra en el catálogo de Random House con *Blancura*, *Melancolía* y *Ales junto a la hoguera*, a las que seguirá *Escenas de una infancia*. También es el autor de *Mañana y tarde*, *Trilogía* y *Septología*, una novela en siete tomos con la que ha sido finalista del Booker Internacional 2022 por los volúmenes VI y VII. Ha sido galardonado con el Premio Nobel de Literatura 2023 por «sus innovadoras obras de teatro y su prosa, que han dado voz a lo indecible». Ha recibido incontables premios, como el Ibsen Award 2010, el European Prize for Literature (2014) y el Nordic Council Literature Prize (2015). En 2007 fue nombrado caballero de la Ordre National du Mérite de Francia.

JON FOSSE
Ales junto a la hoguera

Traducción de Cristina Gómez-Baggethun
y Kirsti Baggethun

RANDOM HOUSE

Papel certificado por el Forest Stewardship Council®

MIXTO
Papel | Apoyando la
silvicultura responsable
FSC® C117695

Penguin
Random House
Grupo Editorial

Título original: *Det er Ales*

Primera edición: abril de 2024

© 2023, mareverlag
© 2023, Jon Fosse
Publicado por acuerdo con mareverlag GmbH & Co. oHG y Casanovas & Lynch Literary Agency
© 2024, Penguin Random House Grupo Editorial, S.A.U.
Travessera de Gràcia, 47-49. 08021 Barcelona
© 2024, Cristina Gómez-Baggethun y Kirsti Baggethun, por la traducción
Diseño de la cubierta: Penguin Random House Grupo Editorial
Ilustración de la cubierta: © Ignasi Font

Printed in Spain – Impreso en España

ISBN: 978-84-397-4383-5
Depósito legal: B-1.849-2024

Compuesto en la Nueva Edimac, S. L.
Impreso en EGEDSA (Sabadell, Barcelona)

RH4383A

Veo a Signe ahí echada en el banco de la sala, mirando todas las cosas de siempre, la estufa, la vieja mesa, la caja de leña, la madera de las paredes, la gran ventana que da al fiordo, las mira sin verlas, y está todo como siempre, nada ha cambiado, y sin embargo ha cambiado todo, piensa, porque desde que él se marchó y desapareció, ya nada es lo mismo, ella simplemente está, sin estar, los días vienen, los días se van, las noches vienen, las noches se van, y ella los sigue, en su lento transcurrir, sin permitir que nada deje huella o marque una diferencia ¿y sabe acaso qué día es hoy? piensa, pues debe de ser jueves, el mes será marzo, y el año es el 2002, eso sí que lo sabe, claro, pero la fecha y cosas así, pues no las recuerda ¿y por qué habría de recordarlas? ¿qué importancia tienen? piensa, y aun así todavía se siente a veces segura de sí misma, con cierto peso, como era antes de que él desapareciera, pero luego vuelve a agarrarla, la desaparición, aquel martes, de finales de noviembre, de 1979, y al momento se encuentra de nuevo en el vacío, piensa, y mira hacia la puerta de la entrada y esta se abre y se ve a sí misma entrar y cerrar la puerta tras de sí y luego se ve caminar por la sala, pararse y ponerse a mirar hacia la ventana y entonces se ve a sí misma mirar hacia él, que está ahí de pie ante la ventana, y ve, ahí quieta, que él está mirando la oscuridad al otro lado de la ventana, con su pelo largo y negro, y con su jersey negro, el jersey que le hizo ella y que él se pone casi siempre que hace frío, está ahí quieto, piensa, casi fundiéndose con la oscuridad de afuera, piensa, pues sí, hasta tal punto se funde con la oscuridad que, al abrir la puerta y entrar, en un primer momento, ni siquiera notó que estaba ahí, por mucho que, sin pensarlo, sin decírselo a sí misma, de alguna manera sí sabía que estaba ahí quieto, y el jersey negro y la oscuridad al otro lado de la ventana se funden en uno, él es la oscuridad, la oscuridad es él, y aun así resulta, piensa Signe, que al entrar y verlo ahí quicto, fue casi como si viera algo inesperado, y eso sí que es raro, porque él se para ahí muy menudo, delante de la ventana, solo que ella normalmente no lo ve, piensa, o sí que lo ve, pero es como si no se fijara, porque también eso, que él esté ahí quieto ante la ventana, debe de haberse convertido ya en una costumbre, como casi todo lo demás, ha pasado a ser algo que simplemente está ahí, a su alrededor, solo que ahora, al entrar en la sala, lo ha visto ahí quieto, ha visto su pelo negro, y su jersey negro, y sencillamente está ahí quieto mirando la oscuridad al otro lado de la ventana ¿y por qué hará eso? piensa Signe ¿por qué se quedará ahí quieto? si al menos hubiera algo que ver al otro lado de la ventana, lo entendería, pero es que no hay nada que ver, solo la oscuridad, una oscuridad pesada, casi negra, y luego, a veces, pasa un coche y la luz de los faros ilumina un tramo del camino, pero tampoco es que pasen muchos coches, y eso era, al fin y al cabo, lo que ella quería, al fin y al cabo ella quería vivir en un lugar donde no viviera nadie más, donde él y ella, donde Asle y Signe, pudieran estar lo más aislados posible, un lugar abandonado por todos los demás, un lugar donde la primavera fuera primavera, el otoño fuera otoño, el invierno fuera invierno, donde el verano fuera verano, en un lugar así quería ella vivir, piensa, pero ahora que no se ve más que oscuridad ¿qué hace él ahí mirando la oscuridad al otro lado de la ventana? ¿por qué lo hace? ¿por qué se quedará ahí quieto tan a menudo cuando no hay nada que ver? piensa Signe, y ojalá llegara ya la primavera, piensa, ojalá llegara la primavera con su luz, con sus días más cálidos, con las florecillas por el suelo, con el brotar de los árboles, y el follaje, porque esta oscuridad, esta oscuridad que está ahora todo el rato, no hay quien la aguante, piensa, y ya pronto tendrá que decirle algo, piensa, y entonces es como si algo no estuviera como siempre, piensa, y mira la sala y está todo como siempre, nada ha cambiado ¿y por qué piensa entonces que ha cambiado algo? piensa ¿por qué iba a cambiar algo? ¿por qué piensa eso, eso de que algo ha cambiado? al fin y al cabo él sigue ahí quieto ante la ventana, casi indistinguible de la oscuridad de afuera, solo que últimamente ¿qué le pasará? ¿habrá ocurrido algo? ¿habrá cambiado él? ¿por qué estará tan callado? aunque callado, callado siempre ha sido, piensa Signe, se diga lo que se diga de él, callado siempre ha sido, así que eso no es como para fijarse, la verdad, él es sencillamente así, sencillamente hace esas cosas, la cosa es sencillamente así, piensa, y ojalá se volviera ahora hacia ella, ojalá le dijera algo, piensa, cualquier cosa, pero él sigue ahí quieto, como si ni siquiera hubiera notado su presencia

Así que estás ahí, dice Signe

y él se vuelve hacia ella y ella ve que la oscuridad está también en sus ojos

Eso parece, sí, dice Asle

Pues no hay mucho que mirar ahí afuera, dice Signe

No, nada, dice Asle

y le sonríe

Solo la oscuridad, dice Signe

Solo la oscuridad, sí, dice Asle

Y entonces ¿qué es lo que miras? pregunta Signe

No sé lo que miro, dice Asle

Pero estás ahí quieto ante la ventana, dice
Signe

Sí que lo estoy, sí, dice Asle

Pero no miras nada, dice Signe

No, dice Asle

Pero entonces ¿qué haces ahí? pregunta Signe

Bueno, me refiero, dice

En fin ¿piensas en algo? dice

No pienso en nada, dice Asle

Pero ¿qué miras? dice Signe

No miro nada, dice Asle

No lo sabes, dice Signe

No, dice Asle

Simplemente estás ahí quieto, dice Signe

Sí, quieto estoy, dice Asle

Sí que lo estás, dice Signe

¿No te gusta que esté aquí quieto? dice Asle

No es eso, dice Signe

Pero ¿por qué lo preguntas? dice Asle

Simplemente pregunto, dice Signe

Ya, dice Asle

No quiero decir nada, simplemente pregunto,
dice Signe

Ya, dice Asle

Pues simplemente estoy aquí quieto, dice

Supongo que no siempre se quiere decir algo
con lo que se dice, dice

Supongo que casi nunca se quiere decir algo,
dice

Simplemente se dice algo, cualquier cosa, así
es, dice Signe

Así es, sí, dice Asle

Algo hay que decir, dice Signe

Algo hay que decir, sí, dice Asle

Así es la cosa, dice

y Signe lo ve así quieto como si no supiera
del todo dónde meterse y entonces él levanta
una mano y la baja y levanta la otra mano, la
mantiene levantada ante él y luego vuelve a levantar la primera mano

¿En qué piensas? dice Signe

Pues en nada concreto, dice Asle

Ya, dice Signe

Tendré que, dice Asle

Bueno, pues, dice

y se queda ahí quieto mirando hacia ella

Pues, dice

Pues, pues, bueno, tendré que, dice

Pues, dice Signe

Sí, dice Asle

Tendrás, dice Signe

Pues, dice Asle

Pues tendré que darme una vuelta por el Fiordo, dice

Hoy también, dice Signe

Creo que sí, dice Asle

y se vuelve otra vez hacia la ventana y ella ve de nuevo que resulta casi indistinguible de la oscuridad de afuera y ve de nuevo su pelo negro ante la ventana y ve que su jersey se funde con la oscuridad de afuera

Hoy también, dice Signe

y él no responde y hoy también saldrá al Fiordo, piensa Signe, pero es que hace viento, y dentro de poco empezará a llover, aunque qué le importará eso a él, haga el tiempo que haga, él tiene que salir con su barca, una barquita de remos, un bote de madera, piensa ¿y qué gracia tendrá salir al Fiordo en una barquita tan chica? frío y humedad tiene que haber, y al fin y al cabo el Fiordo está siempre ahí, con su marejada, con sus olas, y quizá en verano tenga su gracia salir al

Fiordo, cuando está azul reluciente, cuando relumbra en azul, esos días sí que puede resultar tentador, cuando el sol brilla sobre el Fiordo y está sereno y todo está azul en lo azul, en cambio ahora, en lo más oscuro del otoño, cuando el Fiordo está gris y negro y sin color y hace frío y las olas vienen grandes y a trompicones, por no decir en invierno, cuando hay nieve y hielo en la bancada, y hay que dar patadas a las cuerdas para desprenderlas, para sacarlas del hielo, cuando quieres soltar la barca de sus amarres, y hay témpanos de nieve en el Fiordo ¿por qué? ¿qué tiene de atractivo el Fiordo en esos momentos? es que no lo entiende, piensa Signe, le resulta, piensa, simple y llanamente incomprensible, y si al menos fuera solo de vez en cuando que saliera al Fiordo, para pescar, quizá, para echar unas redes o algo, pero no, todos los santos días sale al Fiordo, a veces incluso dos veces al día, en la oscuridad, con lluvia, con olas, en cualquier época del año ¿será que no quiere estar con ella? ¿será por eso que siempre quiere estar en el Fiordo? piensa ¿qué otra razón podría haber? ¿y acaso no ha cambiado últimamente? rara vez está ya alegre, casi nunca, y está muy huraño, no quiere ver gente, si aparece alguien se retira y, si se ve obligado a hablar con alguno, se queda ahí quieto sin saber qué hacer con las manos, y tampoco es que sepa qué decir, se queda quieto y se siente incómodo, de eso se da cuenta todo el mundo, piensa Signe ¿y qué le pasará? piensa, él siempre ha sido un poco así, un poco reservado, un poco como si pensara que siempre es una carga para los demás, que estorba a los demás solo con su presencia, que es una molestia, un impedimento para alguna cosa que los demás desean, y él no entiende, pero está cada vez peor, la verdad, antes podía estar presente donde están los demás, pero ahora ya no, ahora se retira y se queda a su aire tan pronto como aparece alguien que no es ella

Vas a salir al Fiordo, en eso estás pensando, dice Signe

No pienso en nada, dice Asle

En nada, dice Signe

No, dice Asle

No pienso en nada, dice

Simplemente estoy aquí, dice

Simplemente estás ahí, dice Signe

Sí, dice Asle

¿Qué día es hoy? dice Signe

Martes, dice Asle

Es un martes de finales de noviembre, y el
año es 1979, dice

Qué rápido pasan los años, dice Signe

Rapidísimo, dice Asle

Es un martes de finales de noviembre, dice
Signe

Sí, dice Asle

y se aleja de la ventana y va hacia la puerta de
la entrada

Te vas, dice Signe

Sí, dice Asle

¿Adónde vas? dice Signe

A darme una vuelta, dice Asle

Eso no puede prohibírtelo nadie, dice Signe

No, dice Asle

y Signe ve que se acerca a la estufa, agarra un
leño, se agacha y mete el leño en la estufa y luego
se incorpora y mira las llamas y se queda un rato
ahí quieto, mirando las llamas, hasta que se acerca
a la puerta de la entrada y Signe ve su mano sobre el picaporte, como una pequeña vacilación,

un titubeo ¿y está ella a punto de decir algo? ¿o es él quien está a punto de decir algo? pero ninguno de los dos dice nada y él presiona el picaporte hacia abajo

No vas a hacer nada, dice Signe

Nada, nada, dice Asle

y tira de la puerta, sale, y es como si quisiera volverse hacia ella y decirle algo, pero se limita a cerrar la puerta tras de sí, piensa Signe, y no hay nada que decir, simplemente ha abierto la puerta y se ha ido, piensa, pero no es que haya ningún problema entre ellos, está todo bien, mejores amigos que ellos, ellos dos, no los hay, nunca se dicen una mala palabra, y él se desvive por ella, piensa Signe, puede ser inseguro, no saber qué decir ni qué hacer, pero no hay en él ningún resquemor hacia ella, al menos ella nunca lo ha notado, piensa, pero entonces ¿por qué quiere estar todo el tiempo en el Fiordo? en esa barquita que se agenció, una barquita de madera, un bote de remos, piensa, y ahí, echada en el banco, se ve a sí misma quieta en medio de la sala y luego se ve a sí misma acercarse a la ventana y ponerse a mirar hacia afuera y ya ha aclarado un poco, piensa, ahí quieta ante la ventana, hay ya toda la luz que puede haber en esta época del año, ha aclarado ya tanto que se ve el Cielo en su gris y su negro, y también se ve la Montaña gris oscuro al otro lado del Fiordo, piensa, pero ahí abajo, en el Camino Grande ¿qué es lo que pasa? ¿quién está ahí quieto? ¿quién es? ¿y qué está haciendo? ¿es ella misma la que está ahí abajo? ¿y parece asustada? ¿desconsolada? ¿como si estuviera deshecha y a punto de desaparecer? ¿será ese el aspecto que tiene? piensa ¿qué es esto? piensa, pero no, ella está aquí, ante la ventana, está mirando hacia afuera, así que ¿por qué se imagina que está ahí abajo en el Camino Grande, como deshecha? ¿por qué verá y pensará así? no, no puede ser, piensa, porque ella está aquí, aquí ante la ventana, mirando hacia afuera, pero no puede quedarse aquí quieta, ante la ventana, lo hace muy a menudo, casi todo el tiempo se lo pasa así, mirando por la ventana, y a veces mira hacia el Camino Grande, y a veces hacia el Camino Chico, que así lo llaman, piensa, Camino Chico, quizá querían que resultara como agradable, el nombre, o quizá simplemente necesita-

ban un nombre para el camino, y acabaron lla-
mándolo Camino Chico, es el camino que baja
hasta la carretera, el Camino Grande, como la
llaman, desde la Casa Vieja en la que viven, su
casa, esta casa vieja y preciosa, varios siglos tienen las partes más antiguas de la casa, y luego la
han ido ampliando, la han ido cambiando, y hará
ya más de veinte años que ella vive aquí, vaya
¿tanto hace ya? ¿de verdad puede hacer tanto
tiempo? piensa, pues entonces hará veinticinco
años o así que lo vio a él por primera vez, que
lo vio venir andando hacia ella, con su pelo largo y negro, y en ese mismo momento, así debió
de ser, en ese mismo momento quedó decidido
que él y ella serían el uno para el otro, así debió
de ser, piensa, y mira hacia el Camino Grande,
que corre estrecho a lo largo del Fiordo, y a él
no lo ve por ningún lado, piensa, y luego mira
hacia el Sendero que baja del Camino Grande
hasta la Cala y el Cobertizo para los barcos, y el
Muelle que hay allí, y luego mira hacia el Fiordo, vasto, siempre el mismo, siempre cambiante,
y luego mira hacia la Montaña al otro lado del
Fiordo, que empinada e incapaz de decidirse en-

tre el negro y el gris desciende desde los ligeros movimientos del Cielo entre gris y blanco, hasta donde empiezan a crecer los árboles Montaña abajo, y ahora también los árboles están negros, y qué gusto va a ser cuando vuelvan a ponerse verdes, de un verde reluciente, piensa, y mira hacia la Montaña y, piensa, es como si la Montaña suspirara de alivio en su descenso, ay, ya está bien, hay que ver las cosas que piensa, una montaña no puede suspirar de alivio, piensa, y sin embargo es así, es como si la Montaña suspirara de alivio a medida que va descendiendo, hasta donde empieza a haber árboles sueltos por algunos sitios, y luego cuestas y prados, y algunas casas, alguna que otra casa desperdigada por ahí, y en ciertos lugares las casas están como apiñadas, y abajo, junto al Fiordo, puede ver la estrecha raya que forma el Camino Grande, que se mueve sinuoso, baja casi hasta la Playa, y luego se aleja del Fiordo, y luego se acerca de nuevo, hasta que gira suavemente alrededor de la Montaña y se pierde, así es, y ahora está todo casi negro, así es como está ahora, a finales de otoño, y así está durante todo el largo invierno, piensa, aunque en primavera, en verano, está todo distinto, en esa época puede estar todo verde y azul brillante y el Cielo y el Fiordo pueden enfrentarse y ambos quieren el azul más azul, y compiten por quién brilla más, pues sí, así ha sido, y así será, piensa Signe, pero no puede quedarse ahí quieta ante la ventana, piensa ¿por qué hará eso tan a menudo? y ahora no debe pensar, como tantas otras veces, que bien puede hacerlo, igual que cualquier otra cosa, piensa, y se queda quieta mirando hacia un lugar más o menos en medio del Fiordo y luego se pierde mirando justamente ese lugar y, ahí echada en el banco, se ve a sí misma ante la ventana y también él, piensa, también él se quedaba a menudo así quieto como ella se ve ahora quieta, también él se quedaba ahí quieto ante la ventana, tal como ella se ve ahora a sí misma, antes de marcharse y desaparecer, de desaparecer para siempre, se quedaba a menudo ahí quieto, mirando y mirando, y la oscuridad al otro lado de la ventana era negra y apenas se podía distinguirlo a él de la oscuridad de afuera, o apenas se podía distinguir la oscuridad de afuera de él, así lo recuerda ella, así era, ahí se quedaba él quieto, y luego dijo algo de que iba a darse una vuelta por el mar, piensa, pero ella nunca, o casi nunca, lo acompañaba, el mar no era lo suyo, piensa ¿y quizá debería haberlo acompañado más a menudo? y si lo hubiera acompañado aquella tarde ¿quizá nunca habría ocurrido? ¿tal vez estaría ahora aquí? pero no puede pensar así, eso no la lleva a ningún sitio, piensa, porque a ella nunca le ha gustado navegar, pero a él sí que le gustaba, de hecho salía al Fiordo con su barca siempre que podía, siempre, todos los santos días, a menudo dos veces al día, piensa, y mira que desaparecer así, mira que perderse y nunca volver, desaparecer sin más, y hay que ver lo sola que se quedó ella, porque hijos nunca tuvieron, ellos dos, eran solo ellos dos, ella y él, piensa, él estaba aquí, y luego ya no estaba, desapareció, vino andando hacia ella, de repente estaba andando hacia ella, con su pelo largo y negro, ella nunca lo había visto antes, y de pronto vino andando hacia ella, y luego, bueno, un tiempo más tarde ella se mudó a la casa de él, y allí se quedó a vivir, piensa, y se quedó allí con él, durante muchos años, piensa, pero luego, tan repentinamente como un día había venido andando hacia ella, desapareció, y ahora han pasado ya muchos años y ella no ha vuelto a verlo, nadie ha vuelto a verlo, simplemente desapareció, estaba ahí y luego desapareció, desapareció para siempre, pero ¿qué fue lo que dijo antes de marcharse el día que desapareció? ¿qué dijo antes de marcharse, si es que dijo algo? ¿algo de que iba a darse una vuelta por el Fiordo, quizá? ¿lo que solía decir? ¿algo de que iba a salir al Fiordo con su barca? algo así diría, que iba a pescar un poco, quizá, algo así, algo completamente normal debió de decir, algo que dijera con frecuencia, las palabras y las frases cotidianas, las que siempre se repiten, lo que siempre se dice, eso diría, piensa, y mira hacia la ventana y se ve a sí misma ante la ventana mirando hacia afuera y luego se ve a sí misma moverse por la sala y se ve agarrar un leño, agacharse y meterlo en la estufa y luego se ve ponerse a mirar hacia la puerta de entrada y la puerta se abre y aparece él en la puerta, y entra en la sala, y cierra la puerta tras de sí

Pues me voy a dar una vuelta por el Fiordo, dice Asle

Ya me imagino, dice Signe

Ha aclarado un poco, dice Asle

Pues sí, hay ya tanta luz como puede haber en esta época, dice Signe

Al menos hay la suficiente para darse una vuelta, dice Asle

Pues sí, y tampoco es que a ti eso te importe demasiado, dice Signe

No, dice Asle

Pues entonces voy a darme una vuelta, dice

Ya supongo, dice Signe

Fíjate que nunca te hartas de salir con tu barca, dice

A veces sí que me harto, dice Asle

Ya, dice Signe

Sí, dice Asle

Pero entonces ¿por qué lo haces? lo haces casi siempre, dice Signe

Supongo que sencillamente lo hago, dice Asle

Sencillamente lo haces, dice Signe

Sí, dice Asle

No te apetece tanto salir con la barca, dice Signe

No, dice Asle

Pero entonces ¿no podrías quedarte en casa?
dice Signe

En el fondo sí, dice Asle

En el fondo, dices, dice Signe

Quizá me guste estar ahí afuera con la barca,
dice Asle

y los dos miran al suelo, se quedan quietos,
mirando al suelo

No quieres estar aquí conmigo, es por eso,
dice Signe

No, no es eso, dice Asle

Pero es que es tan pequeña tu barca, dice Signe

A mí me gusta, dice Asle

La tengo hace mucho tiempo, hace muchos
años, y es una barca bonita, una bonita barca de
madera, ya lo sabes, dice

Lo sé, dice Signe

Aunque no, es marrón y más bien fea, me parece a mí, dice

He visto barcas más bonitas, dice

A mí me gusta mi barca, dice Asle

Pero ¿no podrías haberte agenciado una barca más grande, más segura? dice Signe

No quiero una barca nueva, dice Asle

¿Qué tiene de especial esa barca? dice Signe

Conocía al que la construyó, y la construyó para mí, dice Asle

El que la construyó se pasó la vida construyendo barcas, y también me construyó una a mí, dice

Y yo me acercaba a ver la barca mientras él la construía, dice

Sí, dice Signe

Bueno, eso lo recordarás, dice Asle

Lo recuerdo, dice Signe

Johannes de la Ensenada fue quien construyó la barca, dice Asle

Así se llamaba, sí, dice Signe

Johannes de la Ensenada, así lo llamaban, dice Asle

Y hace ya años que murió, dice

Los años pasan deprisa, dice

Johannes de la Ensenada se pasó la vida construyendo barcas, y la mía fue una de las últimas que construyó, dice

Pero le encargaste que te hiciera una barca más pequeña que las que él solía hacer ¿no? dice Signe

Sí, dice Asle

Un poco más pequeña, dice

Quería que fuera un poco más pequeña, dice

¿Por qué? dice Signe

Me parecía más bonita así, dice Asle

Pero eso hace que la barca sea menos estable

que las demás ¿no? dice Signe

Sí, no es igual de estable, dice Asle

y ella lo ve dirigirse de nuevo hacia la puerta

de entrada

Te vas, dice Signe

y él se para y la mira

Sí, dice Asle

Pero, dice Signe

Aunque la verdad, dice Asle

En fin, solo voy a darme un paseo, hoy hace

demasiado viento para salir al Fiordo, dice

Eso está bien, dice Signe

Un paseo corto, nada más, dice Asle

Sí, que sea corto, anda, dice Signe

Hace un viento horrible, y está todo muy os-

curo, incluso ahora, en el momento más claro

del día, dice

Sí, dice Asle

y lo ve salir por la puerta de entrada y cerrarla tras de sí, y luego, ahí echada en el banco, se ve a sí misma salir por la puerta de la cocina y piensa que pasa mucho tiempo aquí echada, o está aquí echada en el banco o está ahí quieta ante la ventana, igual que hacía cuando él aún estaba por aquí ¿y por qué tendrá que verlo siempre entrar por la puerta de la sala? ¿y por qué tendrá que verse siempre a sí misma alejarse de la ventana y pararse en medio de la sala? ¿por qué tendrá que verse siempre ahí quieta diciéndole algo a él? ¿y por qué tendrá que escuchar lo que dice él, lo que dice ella? ¿por qué será así? ¿por qué seguirá él aquí? si ya no está, hace muchos años que se fue, desapareció, y aun así es como si siguiera por aquí, ella ve la puerta de la entrada abrirse, lo ve a él ahí en la puerta, lo ve entrar en la sala, le oye decir lo que tan a menudo decía, así es y así seguirá siendo, aunque haya desaparecido para siempre, todavía está por aquí, dice lo que decía siempre, camina como caminaba siempre, viste como vestía siempre, piensa, y ella ¿ella qué? pues ella está aquí echada en el banco o está ahí quieta ante la ventana, mirando hacia afuera, como siempre estaba ahí quieta mirando hacia afuera, piensa, pues sí, está ahí quieta, ahora igual que entonces, o está aquí echada en el banco, piensa, y se ve a sí misma entrar por la puerta de la cocina y se ve acercarse a la ventana y colocarse ante la ventana y piensa, ahí echada en el banco, que no puede con esto, es que no lo entiende, piensa ¿por qué será todo así? ¿por qué será como si él aún viviera y ahora bajara por el Camino Chico, como hacía tan a menudo antes de marcharse y desaparecer? a pesar de que hace años que no lo ve bajar por el Camino Chico, es como si en este mismo momento estuviera bajando por el Camino Chico, piensa, y se ve a sí misma ante la ventana, mirando la oscuridad de afuera, y ahí, ahí mismo, piensa, quieta ante la ventana, lo ve bajar por el Camino Chico y lleva puesto el viejo gorro amarillento, y seguro que acaba saliendo al Fiordo, piensa, y se vuelve y mira el banco y se ve a sí misma ahí echada en el banco ¡y eso no puede ser! pero si está aquí quieta ante la ventana, y se ve a sí misma ahí echada en el banco, y ahí echada parece muy vieja, muy cansada, y el pelo se le ha encanecido mucho, aunque todavía lo tenga largo, y fíjate que está aquí ante la ventana, mirando hacia afuera, y luego mira el banco y se ve a sí misma ahí echada, vieja y canosa, piensa, y mira hacia la estufa y ahí, ahí en la silla junto a la estufa, se ve a sí misma sentada ¡también ahí! piensa, no solo se ve vieja y canosa y echada en el banco, sino que también se ve sentada en la silla junto a la estufa, y está ahí sentada haciendo punto, tejiendo el jersey negro que él se pone casi siempre, el mismo que lleva puesto ahora, piensa, y ve que, ahí sentada, tiene el pelo largo, negro y tupido, y algo de rizo tiene en el pelo y está ahí sentada mirando las llamas y sus dedos tejen y tejen el jersey negro que él se pone casi siempre y entonces mira de nuevo hacia el banco y se ve a sí misma ahí echada, y el pelo se le ha puesto canoso, pero aún lo tiene largo, largo y canoso se le ha puesto el pelo ahí echada en el banco y mira por la ventana y lo ve a él bajar por el Camino Chico con ese gorro amarillento que ha empezado a ponerse y piensa que ese gorro es feísimo y él piensa que no va a volver la cabeza, porque como vuelva la cabeza la verá a ella ahí en la ventana mirando hacia afuera, en la luz de la sala, estará, tan visible, mirando hacia afuera, así que no quiere volver la cabeza, no quiere mirarla, solo quiere darse un paseo por el Camino Grande, no está hoy el día para salir al Fiordo, hace demasiado viento, y no hay buena luz ni siquiera ahora que es el momento más claro del día, y pronto la oscuridad volverá a posarse sobre todas las cosas, piensa Asle, así que hoy tendrá que quedarse en tierra, piensa, al menos era eso lo que tenía que decirle a ella, piensa, pero quizá hoy sea buena idea darse solo un paseo, piensa, y echa a andar por el Camino Grande y es terrible lo oscuro que está todo ahora tan entrado el otoño, están ya a finales de noviembre, es un martes de finales de noviembre, del año 1979, y aunque solo sea por la tarde, está todo ya tan oscuro como si fuera de noche, así es esta época del año, entrado el otoño, piensa, y dentro de poco no habrá más que oscuridad, día y noche, no quedará ya luz alguna, piensa, y le sienta bien caminar, le gusta, piensa, claro que a veces supone un esfuerzo salir, pero una vez que sales te sienta bien, y a él le gusta, le gusta caminar, en cuanto pillas el ritmo, el fluir del ritmo, una vez que reencuentras tu propio ritmo ya va todo bien, piensa, porque en ese momento es como si el peso con el que suele cargarte la vida se aligerara, como si se lo quitaran de encima, y pasara a ser movimiento, y se abandona ese peso espesura inmovilidad negrura que la vida suele ser, piensa, y cuando camina, piensa, puede llegar a sentirse como una madera que ha envejecido bien, uy ¡vaya tontería! ¡vaya tontería! piensa, pero a veces ¡se siente como las bonitas tablas de una barca vieja! uy, qué tonterías piensa, hay que ver las cosas que piensa, mira que pensar que es como las bonitas tablas de una barca vieja, piensa ¿cómo puede pensar esas cosas? piensa, no se puede pensar así, que él sea una tabla de una barca, pero qué cosas piensa, piensa, y levanta la vista al Cielo, y ve que está ya casi negro, tan temprano, no es más que por la tarde, y está ya tan oscuro, piensa, y algo de frío también hace, pero él lleva el jersey grueso, negro y abrigado, piensa, y camina un poco más deprisa y le parece que oscurece aún más deprisa, cuanto más deprisa camina, más deprisa oscurece, esa impresión le da, piensa ¿y tiene un poco de frío? no, frío no tiene, piensa, porque va bien abrigado, lleva el jersey negro que le hizo ella, el primer invierno que vivió con él le tejió el jersey que se pone casi siempre que hace frío, y es muy abrigado ¿y por qué tendrá él que llevar siempre ese jersey? pues no debe de haber ninguna razón, simplemente es lo que hace, piensa, y mira el Fiordo, que está muy sereno, y parece que ha amainado un poco, piensa, de modo que igual sí podría darse una vuelta por el Fiordo ¿y por qué siempre quiere salir al Fiordo, el año entero? si en realidad no quiere hacerlo, simplemente lo hace, piensa, sale al Fiordo, esté el tiempo como esté ¿y por qué lo hace? ¿para pescar? bueno, algo sigue pescando, pero pescar tampoco le gusta ya tanto, así que no es por eso, piensa, no, será mejor que hoy se dé solo un paseo, casi nunca hace eso, no recuerda la última vez que se dio un paseo por el Camino Grande, piensa, y entonces ¿por qué querrá dárselo hoy? pero ¿por qué pensar así? ¿por qué habría de tener todo siempre una razón? piensa, ahora va a darse un paseo corto por el Camino Grande y luego dará la vuelta y regresará a casa, a la Casa Vieja, su casa, la casa en la que ha vivido toda la vida, primero con Padre y

Madre y sus hermanos, y luego con la mujer con la que se casó, y es una casa vieja y bonita, piensa, y cómo de vieja es, eso no lo sabe nadie, pero vieja es, y debe de llevar siglos en el mismo lugar donde está ahora, pero ¿por qué caerá la oscuridad tan de pronto? se ha hecho ya casi de noche, piensa, y mira hacia el Fiordo y las olas rompen de nuevo con fuerza contra la Playa y aún puede ver las olas, aunque más bien las oye, piensa, y va a tener que volverse ya, tendrá que regresar a casa, aunque tampoco es que tenga ganas de volver a casa ¿y por qué no? ¿será por ella, porque ella está ahí esperándolo, porque está ahí en la luz de la ventana? ¿será por eso que no quiere volver a casa? no, tampoco es eso, pero tiene un poco de frío, y ya se ha hecho casi de noche, de pronto ha caído la noche, casi del todo, así que será mejor que vuelva a casa, piensa, y se para y mira hacia la Playa, hacia las olas, y mira la costa, a lo largo del Fiordo, y ve que el Fiordo y la Montaña y la oscuridad están a punto de fundirse, de ser uno, y él va a tener que irse a casa, piensa, y echa a andar hacia su casa, ha sido un paseo corto, piensa, pero al menos se ha dado un paseo, piensa, y ella ya lo estará esperando, siempre lo está esperando, estará ahí quieta ante la ventana, siempre ahí quieta ante la ventana, mirando, esperando, piensa, y camina deprisa y cuando avance otro poco, y doble la curva, verá la Casa Vieja, su casa, y verá que hay luz en la ventana, y que ella está quieta en la ventana, de eso está seguro, ella está ahí quieta en la luz de la ventana, enmarcada por la oscuridad, y mira hacia él, aunque no pueda verlo, mira hacia él, y lo ve, y así es siempre, piensa, y sale de la curva y mira hacia la Casa Vieja, su casa, y allí está ella, en la luz de la ventana está, mirando la oscuridad de afuera, y él sabe que ella lo ve, siempre lo ve, piensa, y no quiere mirar hacia la ventana, no quiere mirar hacia ella, que está ahí, piensa, y mira la Playa, y allí, allí abajo en la Playa, a los pies del Cobertizo de las barcas ¡allí hay una hoguera! qué cosa más rara, no hay quien lo entienda, piensa, y luego no es tan raro, es lo que debe ser, piensa, porque por supuesto que tiene que haber una hoguera allí en la Playa, a los pies del Cobertizo, piensa, eso no tiene nada de raro, piensa, pero de pronto la hoguera está mucho más cerca que antes, ahora está justo a sus pies, y no a lo lejos, allá en la Playa, a los pies del Cobertizo, pues no, ahora está justo aquí, a sus pies, piensa, y sigue andando, y baja la mirada ¿y esto qué es? esto sí que no lo entiende, piensa, y alza la mirada y ve que la hoguera está de nuevo en la Playa, a los pies del Cobertizo, allá en la Cala, y luego la hoguera se encoge, y se queda solo en una llama que flamea levemente en el viento y la oscuridad y que a duras penas se ve en medio de tanta oscuridad, y es igual de pesada que él la oscuridad, piensa, y es densa, y no es más que una oscuridad, una negrura, y luego se ve a duras penas una llama, y luego ya no, porque se pone todo negro, pero luego aparece de nuevo la llama, y aparecen más llamas, y luego las llamas crecen, y forman de nuevo una pequeña hoguera, allá abajo, en la Cala, a los pies del Cobertizo arde ahora una hoguera, piensa, y se detiene y se queda quieto mirando hacia la hoguera. Y ahora la hoguera está grande. Abajo en la Playa arde una hoguera. Y de pronto la hoguera está otra vez más cerca. Será a causa de la oscuridad y el frío que no consigue determinar dónde está la hoguera, piensa, pero ver sí que

ve, en la oscuridad, las llamas amarillas y rojas.
Y da la impresión de calentar bien, porque la
verdad es que hace frío, piensa, hace ya tanto frío
que tiene que seguir andando, no puede quedarse quieto, hace demasiado frío para eso, piensa, y echa a andar y tiene frío y hace tanto frío
que trata de andar todo lo deprisa que puede y
casi ni recuerda la última vez que hizo tanto frío
en otoño, piensa, debió de ser en algún momento de su infancia, porque en aquel momento, al
menos así lo recuerda, casi siempre hacía frío y
el Fiordo se helaba y grandes cantidades de nieve cubrían las cuestas, los caminos, hielo y nieve
y frío, pero ahora, en los últimos años, los otoños
han sido más bien templados, aunque luego, este
año, el frío volvió a arreciar, piensa, y él ya no
tenía ningún gorro que ponerse, los viejos gorros rojos con borla de cuando era niño no los
encontraba por ninguna parte, quién sabe dónde se habrían metido, porque ¿dónde se mete-
rán los gorros rojos? piensa, simplemente desaparecen, los años pasan y en algún sitio se van
metiendo tanto los años como los gorros rojos,
piensa, pero al final, piensa, por fin encontró un

gorro, grande y holgado, amarillento, y tiene que ser uno de los gorros que dejó su Abuela, la que estaba casada con Olav, su abuelo, el abuelo Olav, que murió cuando él era tan pequeño que no tiene ningún recuerdo de él, del abuelo Olav, porque lo que sí recuerda, piensa, es que la Abuela llevaba un gorro como ese, eso se le había fijado en la memoria, tal como algunas cosas se fijan en la memoria, sin duda recuerda a la Abuela llevando un gorro como ese y también recuerda el abrigo azul que solía ponerse y que en una mano llevaba un bastón, piensa, porque está resbaladizo el Camino Grande por el que viene andando la Abuela y en una mano lleva una bastón, para apoyarse y mantenerse en pie y para no caerse y hacerse añicos, como decía ella, piensa, y en la otra mano lleva la bolsa de la compra, una bolsa roja, y en la cabeza lleva el gorro de lana amarillento que ahora lleva él, en este día tan frío. ¿Y no está yendo, piensa, al encuentro de la Abuela? Porque la verdad es que ve a la Abuela venir hacia él y él va hacia la Abuela

¡Abuela! ¡Hola Abuela! grita Asle

¿Has ido a hacer la compra, Abuela? grita

y la Abuela le sonríe desde debajo de su gorro amarillento, el que ahora se pone él, y dice que espere a que llegue a casa y ya verá

Tú vente a casa conmigo y ya verás, dice la Abuela

He comprado muchas cosas distintas, dice

y él ve que la Abuela trae mucho peso

¿Te ayudo a llevar las cosas? dice Asle

Me apaño mejor sola, dice la Abuela

Me resulta más fácil cuando llevo yo las cosas, voy más estable, dice

Pero siempre puedes sujetar el asa de la bolsa y ayudarme un poco a llevarlo, eso podría estar bien, dice

Siempre viene bien que te ayuden un poco, dice

y Asle agarra el asa de la bolsa y luego la Abuela pone dos dedos sobre los dedos fríos de él y juntos llevan la bolsa de la compra, despacio, paso a paso, Camino Chico arriba, y ninguno de los dos dice nada

Eres un buen chico, Asle, dice entonces la Abuela

y la Abuela y él siguen andando y él nota los dedos algo rígidos de la Abuela sobre los suyos y quiere retirar la mano, pero no se atreve, piensa, y avanza por el Camino Grande y ya ha llegado al llano bajo las casas de la granja vecina ¿y no oye a alguien charlar allí en el patio? ¿están charlando los dos chicos de la granja? ¿o no? ah, no, no era nada, piensa, y a ver si llega ya a casa, piensa, y mira hacia la hoguera en la Playa y ahora la hoguera está grande, y sigue sin ser fácil ver si la hoguera está allí en la Cala, a los pies del Cobertizo, o en otro lugar, más cerca de él, piensa, pero la hoguera está grande, y las llamas amarillas y rojas se ven bonitas en la oscuridad, en este frío, y a la luz de la hoguera ven las olas del Fiordo rompiendo como siempre contra las piedras de la Playa, pero las olas no las ve, piensa, lo que ve es el agua que entra cubriendo las piedras y que se retira de las piedras, adelante y atrás se mueve el agua, moja las piedras, se retira, piensa, y se para a mirar las piedras mojadas a la luz de la hoguera y luego mira hacia la hoguera y dentro de la hoguera ¿no hay allí como un cuerpo? ¿una persona? piensa, en medio de la hoguera ve una cara barbuda y luego la barba, que es tanto gris como negra, empieza a arder, y la larga melena gris y negra también está en llamas y ve ojos con la mirada clavada en la hoguera y es como si algo en los ojos fuera extraído de las llamas y se dispersara en forma de humo por el frío aire de la noche y ve los ojos y las caras no se ven, no son caras, son más bien muecas, y los cuerpos no se ven, y luego es como si los ojos adquirieran voces y lo que oye es como un aullido, primero un aullido, de un ojo, y luego un aullido extendido, de muchos ojos, y luego es como si el gran aullido se fundiera con las llamas que suben y desaparecen en la oscuridad y las voces en los ojos ascienden y son el humo que no se ve y él sigue andando y hace ya tanto frío que tiene que guarecerse, piensa, hace demasiado frío para estar afuera y aunque su casa sea vieja, la sala de la Casa Vieja está caldeada, piensa, tienen una buena estufa, y la encienden, y la leña la consigue él mismo, en verano tala los árboles, en otoño los sierra en leños de la longitud adecuada, y luego los raja con el hacha, y los apila, para que se sequen bien, piensa, así que leña tienen, en abundancia, y buen calor, y hoy antes de salir echó leña al fuego, piensa, y ella habrá echado más leña para que el fuego no muera, claro que habrá echado leña, así que en la Casa Vieja, en su casa, la sala estará caldeada y agradable, piensa, y empieza a remontar el Camino Chico hacia la Casa Vieja, su casa, y ya no debe pararse a mirar atrás, a la Playa, ahora tiene que irse a casa, y no debe pensar más que debería darse una vuelta por el Fiordo, hace demasiado frío, está oscuro, no debe pensar así, piensa, y se para y se vuelve y mira hacia la Playa y la hoguera sigue allí, solo que ya más pequeña, ahora solo ve una hoguera pequeña ahí abajo en la Playa, así que la hoguera se habrá consumido ya, piensa ¿o será otra hoguera? ¿podría ser otra hoguera? sí, tiene que ser otra hoguera, piensa, porque la hoguera que vio antes era mucho más grande, era una hoguera enorme, grande y poderosa, pero ahora solo ve una hoguera pequeña, piensa, y mira hacia la Casa Vieja, su casa, hacia la ventana, y allí está ella, menuda, con su melena negra, está ahí quieta mirando hacia afuera, ella, tan querida, está ahí quieta mirando por la ventana, como si formara parte de la ventana, está, piensa, siempre, siempre que se la imagina, está ahí quieta ante la ventana, quizá no se parara ahí al principio, pero más tarde, durante todos estos años, se ha quedado quieto ante la ventana, piensa, así es como la recuerda, menuda, la melena negra, los ojos grandes, y luego la oscuridad como un marco a su alrededor, piensa, y vuelve a mirar hacia la Playa, y allá abajo en la Playa hay una pequeña hoguera, justo a los pies del Cobertizo, y luego ve, y aunque esté oscuro lo ve tan claro como si fuera pleno día, a una mujer con un niño pequeño colgado del brazo acercarse a la hoguera y en la otra mano la mujer lleva un leño que echa a la hoguera, y la mujer se queda un rato quieta mirando las llamas antes de agarrar una vara que tiene una cabeza de cordero ensartada por el cuello, y de la boca sale la punta de la vara, y la mujer se acerca a la hoguera y coloca la cabeza de cordero sobre las llamas y con el niño colgando del brazo va metiendo y sacando la cabeza de cordero de las llamas, y luego la lana se prende y flamea y el olor a chamusquina sube, abrasador, y luego la mujer moja la cabeza de cordero en el mar antes de volver a ponerla sobre las llamas, y de nuevo ese olor a chamusquina, y luego va metiendo y sacando la cabeza de cordero de las llamas. Es Ales, piensa, y lo ve, lo sabe. Es Ales. La mujer es Ales, piensa, es su tatarabuela, lo sabe. Es Ales, a quien le debe su nombre, o quizá fuera más bien a su nieto, Asle, el que murió a los siete años, el que se ahogó en la Cala, así fue, el hermano del abuelo Olav, su tocayo. Pero la mujer es Ales, con poco más de veinte años, piensa. Y el niño, de unos dos años, es Kristoffer, su bisabuelo, el que sería padre del abuelo Olav, y también de ese Asle a quien él le debe su nombre, el que se ahogó con solo siete años, piensa, y ve que Kristoffer empieza a llorar ahí colgado del brazo de Ales, y ella suelta la vara con la cabeza de cordero y sienta a Kristoffer en la Playa y él se levanta y se tambalea sobre sus cortas piernas, y luego Kristoffer da un paso con cuidado, y se mantiene en equilibrio, y luego da otro paso, y se cae a un lado y da un grito y Ales dice hay que ver ¿por qué te levantas? ¿no puedes quedarte sentado? dice Ales, y suelta la vara y toma en brazos a Kristoffer y lo aprieta contra su pecho

Mi niño bonito, mi niño chiquito, dice Ales

No llores más, mi niño, dice

y Kristoffer deja de llorar, hipa un poco, y ya está contento, y Ales vuelve a sentarlo sobre la misma piedra y vuelve a agarrar la vara con la cabeza de cordero y empieza a asarla, metiéndola y sacándola de las llamas. Y de nuevo se levanta Kristoffer. Y de nuevo da un paso inseguro hacia delante. Y luego otro. Y Ales está allí, metiendo y sacando de las llamas la vara con la cabeza de cordero. La mujer es Ales. Es Ales, piensa Asle, y ve a Ales con su tupida melena negra, sobre sus cortas piernas, con sus estrechas caderas. Es Ales. Era la madre de mi bisabuelo, Kristoffer, el que tuvo dos hijos, el abuelo Olav y Asle, a quien yo le debo el nombre, el que se ahogó con solo siete años, ese al que le regalaron una barquita preciosa en su séptimo cumpleaños y ese mismo día se ahogó, jugando con la barca allí abajo en la Cala, piensa, y ve a Kristoffer avanzar vacilante, despacio, pone un pie delante del otro, se para un momento, da el paso siguiente, hacia delante, se tambalea un poco, pero avanza y ahora Kristoffer está ante una pila de ca-

bezas de cordero y prueba a tocar con el índice
el morro de una cabeza y luego introduce el dedo
despacio en una de las fosas nasales y enseguida
retira la mano y se queda así quieto mirando la
cabeza de cordero, mira uno de los ojos, y luego
acerca el índice al ojo, lo palpa y de golpe retira
el dedo y de nuevo Kristoffer se queda quieto
mirando el ojo y de nuevo acerca el índice al ojo
y lo presiona contra el párpado y baja el párpado
sobre el ojo. Y entonces Kristoffer se queda quieto mirando el ojo. Y Ales se vuelve y se acerca
a Kristoffer con la cabeza de cordero asada bai-
lando en la vara y dice ¿de verdad quieres quedarte aquí mirando estas cabezas de cordero tan
lanudas y ensangrentadas, tú que no tienes por
qué hacerlo? dice Ales, y se acerca a una artesa y
contra el borde de la artesa extrae la cabeza de la
vara y luego se acerca a la pila de cabezas de
cordero e introduce la punta de la vara por el
cuello de la cabeza cuyo párpado acaba de cerrar
Kristoffer y aprieta y luego levanta la cabeza de
cordero y regresa junto a la hoguera y coloca la
cabeza sobre las llamas y el olor amargo se extiende y Ales dice que la verdad es que no huele

muy bien, mi niño, dice, e introduce en el agua la cabeza de cordero con la lana en llamas y se oye un chisporroteo y Kristoffer da un respingo y mira aterrado las cabezas de cordero apiladas ante él y ve que siguen ahí tan tranquilas y mete el dedo índice en una boca abierta y roza levemente una lengua, y luego toca los dientes

Deja tranquila esa cabeza, dice Ales

No andes hurgando ahí, dice

Compórtate, niño, dice

y Kristoffer retira la mano y mira a Ales y luego Kristoffer ve la barca marrón casi negra ahí flotando, en medio de todo lo azul, y entonces da un paso, y luego otro, hacia el Muelle, y camina más rápido mirando hacia la barca, negra y bonita en el agua azul, y Kristoffer casi corre hacia ella y llega al borde del Muelle y da aún otro paso y queda suspendido en el aire y al momento está en el agua

¡Pero Kristoffer, Dios mío! grita Ales

y Ales se olvida de la cabeza de cordero y de la vara y está en el Muelle y se tumba sobre el borde del Muelle y estira el brazo y rebusca en el agua y consigue agarrar uno de los pies de

Kristoffer y tira del pie y luego consigue agarrar un brazo y de un tirón sube a Kristoffer al Muelle

Menudo eres tú, dice Ales

Aparto un momento la mirada y te echas al mar, dice

Eres de verlo y no creerlo, dice

Hay que ver, dice

y Ales toma en brazos a Kristoffer, que de pronto empieza a chillar a voz en cuello, en brazos y lo aprieta contra su pecho, y luego se va rápidamente en dirección al Cobertizo

El agua está muy fría, tenemos que meterte en casa para que entres en calor, dice Ales

No te me pongas malo, mi niño, dice

Mi niño bonito, no te me vayas a enfermar, dice

Mi niño bonito, mi Kristoffer, dice

y Ales acaricia la espalda de Kristoffer, que ha empezado a tiritar, un espasmo tras otro recorre su cuerpo

No pases frío, no te enfermes, mi niño, Kristoffer, dice Ales

No no, dice

No te me pongas malo, mi niño, bonito, dice

y él, ahí quieto en el Camino Chico, ve a
Ales subir hacia él, con Kristoffer apretado contra el pecho, viene caminando, y con la tupida
melena negra rodeándole el rostro, y sus grandes
ojos, y Ales anda tan deprisa como puede con
sus cortas piernas, y luego los aterrados chillidos
de Kristoffer, y luego esta oscuridad, y este viento, y la lluvia, y pronto va a tener que meterse en
casa, piensa, porque tampoco puede quedarse
quieto en el Camino Chico y no entrar en su
propia casa, donde ha vivido toda la vida, en la
Casa Vieja, su casa, piensa, y ve a Ales pasar y
luego le ve la espalda, la espalda de Ales, su tatarabuela, es ella, es Ales, es a ella a quien ve doblar
a toda prisa la esquina de la casa, con su larga
melena negra cayéndole por la espalda, y con sus
estrechas caderas, las piernas cortas y delgadas. Es
Ales. Es su tatarabuela, con poco más de veinte
años, piensa, y es a su bisabuelo, Kristoffer, con
dos años cumplidos, al que aprieta contra su pecho. Y también él dobla la esquina de la casa y
ve que Ales, con Kristoffer apretado contra el
pecho, entra por la puerta de la Casa Vieja, su
casa, y ve que la puerta se cierra y ella, ahí echada

en el banco, ve que la puerta de la entrada se abre
y luego ve entrar a una mujer pequeña de larga
melena negra, ojos grandes, y la mujer lleva contra el pecho un niño, y cruza la sala a toda prisa
y sienta al niño a su vera en el banco y luego
la mujer le quita al niño el pantalón, el jersey,
desnuda completamente al niño y luego lo tiende
en el banco junto a ella, y le acaricia una y otra
vez la espalda

Ea ea mi niño, se acabó el frío, dice la mujer

Mi pequeño Kristoffer, tienes que entrar en
calor, dice

Se acabó el frío, dice

Madre Ales te va a acariciar hasta que entres
en calor, mi niño, dice

y Ales acaricia la espalda de Kristoffer y ella
ve que Ales se levanta y mira a Kristoffer, que
yace a su lado en el banco, y está mojado, y llora
un poco, y unos temblores le recorren el cuerpo
y ve que Ales va y abre la puerta de la alcoba y
sale y luego vuelve con una manta y entonces
Ales se acerca al banco y tiende la manta sobre
Kristoffer y luego Ales se sienta en el borde del
banco y vuelve a acariciar una y otra vez la es-

palda de Kristoffer, le acaricia una y otra vez la espalda

Ea, Kristoffer, mi niño, entra ya en calor, mi niño, dice Ales

Ea ea mi niño bonito, Kristoffer, mi niño, dice

Mira que caerte al agua, tan pequeño y ya te caes al agua, pero has tenido suerte, oye, madre Ales estaba allí, dice

y ve a Ales acariciar una y otra vez la espalda de Kristoffer y mira hacia la ventana y se ve a sí misma ahí quieta mirando por la ventana, y da la impresión de que siempre está ahí quieta ¿y por qué tendrá que estar siempre ahí? ¿hay alguna razón para eso? piensa, y entonces oye que Kristoffer respira ya con regularidad y ve a Ales levantarse y salir por la puerta de la cocina y ella mira a Kristoffer y entonces lo rodea con los brazos y luego se lleva a Kristoffer al pecho y le acaricia una y otra vez la espalda y luego le acaricia levemente el pelo y vuelve a verse a sí misma quieta ante la ventana mirando hacia afuera, y lleva ya mucho tiempo ahí quieta, casi inmóvil está ante la ventana, piensa, y piensa, ahí quieta ante la ventana, que él tendrá que venir ya pronto ¿por qué no vendrá? con el frío que hace, y llueve y hace viento ¿y por qué no vendra? piensa, y ahí, ahí en medio del Fiordo ¿se ve algo? no, no se ve nada, se lo estará imaginando ¿no? piensa, pero ya pronto tendrá que salir a buscarlo, piensa, porque tampoco puede quedarse aquí quieta ante la ventana ¿no? y él no puede haber salido con la barca con el tiempo que hace ¿no? ¿o sí que puede? no, no puede haber hecho eso, piensa, pero ahí, ahí abajo en la Playa ¿no es una hoguera lo que ve? no, no puede ser, en esta noche tan oscura, de finales de noviembre, con lluvia y viento, pero sí que es una hoguera lo que ve ¿no? piensa, sí que es una hoguera y ahora tiene que salir a ver si lo encuentra, quiera o no, piensa, y se vuelve y se adentra en la sala y piensa que ya pronto tendrá que salir a buscarlo y él piensa que tendrá que meterse ya en casa, piensa, ahí quieto en el Patio mirando la losa ante la puerta de entrada, grande y ancha se ve la losa bajo la luz del farol, y con el tiempo que hace no debe quedarse afuera, piensa, hace mucho viento y llueve mucho, y además hace frío, demasiado frío para estar afuera ¿y qué es lo que le pasa?

piensa ¿por qué no se mete en casa de una vez?
¿qué pasa, por qué se demora tanto? ¿qué le pasa?
piensa, y abre la puerta de la entrada y el picaporte está suelto, le faltan dos tornillos, y los
otros tres están sueltos, y tendrá que arreglarlo,
piensa, pero llevan así mucho tiempo, muchos
años, piensa, y a menudo ha pensado en arreglarlo, piensa, una y otra vez lo ha pensado, pero
seguro que no lo hace, hasta que el picaporte
no se caiga y se quede tirado sobre la losa seguro que no hace nada, piensa, y entra en la casa y
las viejas paredes de la entrada lo envuelven y le
dicen algo, como hacen siempre, piensa, siempre
es así, lo note o no lo note, piense o no piense en
ello, las paredes están ahí, y es como si unas voces
silenciosas le hablaran desde ellas, un gran silencio hay en las paredes y ese silencio dice algo
que no se puede decir con palabras, él lo sabe,
piensa, y hay algo detrás de esas palabras que se
dicen constantemente, que está en el silencio de
las paredes, piensa, y se queda quieto mirando las
paredes, pero ¿qué es lo que le pasa hoy? ¿por
qué está así? piensa, y apoya una mano en plano
contra la pared, y le parece notar que la pared le

dice algo, piensa, algo que no se puede decir,
pero que es, que simplemente es, piensa, y es casi
como si tocara a una persona, piensa, casi como
si se dijera algo del modo en que se dicen las
cosas cuando se toca a una persona, piensa, y
desliza la mano, y es casi como una caricia lo que
hace, con los dedos sobre las maderas marrones,
y entonces oye pasos y aparta la mano y ve que
se abre la puerta de la sala y ahí está ella en la
puerta
      Qué bien que hayas llegado, dice Signe
      Me estaba empezando a inquietar, dice
      Ya sabes cómo soy, dice
      y él dice que solo se ha dado un paseo por el
Camino Grande, dice, y agacha la mirada, y la
levanta de nuevo hacia ella, que está ahí mante-
niendo la puerta abierta y dice que espera que
no haya salido al Fiordo y él dice que no mujer,
no con este tiempo, hace mucho viento y hay
lluvia y está todo muy oscuro
      Pero oye, dice Signe
      y la inquietud en su voz se mezcla con la si-
lenciosa calma con la que habla la pared
      Sí, dice Asle

Pero dijiste que ibas a salir, dice Signe

Creo que lo dije, pero cambié de idea, así que me he dado un paseo por el Camino Grande, dice Asle

y ella dice que menos mal, porque, bueno, cuando hace tanto viento como ahora, y está tan oscuro, y hace tanto frío, en fin, él sería capaz de salir al Fiordo hiciera el tiempo que hiciera, dice, pero hace frío y no deberían dejar que se escape el calor, ha mantenido el fuego, dice, así que será mejor que entre ya, dice

Alguna vez habrá pasado, dice Asle

¿Qué quieres decir? dice Signe

Bueno, que diga que me voy a dar un paseo, que hace demasiado viento y está demasiado oscuro para salir al Fiordo, y que luego sí que salga, dice Asle

Pues sí, alguna vez habrá pasado, dice Signe

Pero hoy no, dice Asle

Me alegro de que estés en casa, dice Signe

y él se queda quieto, no sabe muy bien dónde meterse, piensa

Me estoy preocupando, dice Signe

Qué te pasa, dice

Vamos, no te quedes ahí afuera, dice

De acuerdo, dice Asle

y le dirige una mirada benigna

Ya voy, dice Asle

y se queda quieto

Es que aquí hace frío ¿por qué no pasamos a la sala? tengo un buen fuego en la estufa, dice Signe

y va y le toma suavemente la mano, y enseguida la suelta, y luego entra en la sala y, ahí echada en el banco, se ve a sí misma entrar en la sala y luego lo ve entrar a él y ve que justo detrás viene también Ales, y también ella se adentra en la sala, y luego se ve a sí misma acercarse a la estufa y agarrar un leño y se ve agacharse y él la mira, ahí agachada ante la estufa, colocando el leño en diagonal entre las llamas y en ese momento ve que ahora es Ales la que mete un leño en la estufa, no es ella, es Ales, su tatarabuela, es ella la que está ahora ante la estufa, colocando un leño en diagonal dentro de la estufa y su larga melena negra reluce y ahí en el banco del rincón ve a Kristoffer echado, envuelto en una manta de lana, y entonces ve que Ales va y se sienta en el borde del banco y pone una mano sobre la frente de Kristoffer

¿No tendrás fiebre, verdad, Kristoffer? dice Ales

Un poco caliente sí que estás, dice

Sigue durmiendo, mi niño, dice

y él ve que Kristoffer asiente con la cabeza y luego mira hacia ella, que está ahí quieta ante la estufa, mirando las llamas

Así que estás mirando las llamas, dice Asle

Eso parece, dice Signe

y él la ve quedarse donde está, mirando las llamas, y ve que las llamas se concentran alrededor de la madera y se abalanzan sobre ella, y luego, al poco, la leña pasa a formar parte de las llamas y él mira hacia la ventana y ve que las llamas se reflejan en el cristal y se mezclan con la oscuridad de afuera y con la lluvia que ahora corre por la ventana, y luego oye el viento

Qué viento tan horrible, dice Signe

Sí parece que arrecia, dice Asle

y mira hacia el banco y ve que Ales se echa en el banco y rodea a Kristoffer con los brazos y lo aprieta contra ella, y empieza a mecerlo

Estas tormentas de otoño son cada vez peores, dice Asle
En los últimos años son cada vez peores, dice
Aunque supongo que estas cosas cambian de
año en año, dice
Al menos antes no era así, dice
y se acerca a la ventana y mira hacia afuera y
dice que hace ya tanto viento que está empe-
zando a preocuparse por la barca, por si está bien
amarrada, dice, y quizá debería pasarse a ver cómo
está la barca, dice, y ella dice que no, con el tiempo que hace ¿es realmente necesario? dice, seguro que ha amarrado bien la barca, dice, y él dice
que seguramente sí, y entonces suena un golpe
en las paredes
Menudo golpe de viento, dice Signe
Increíble cómo sopla, dice Asle
Debería salir a ver cómo está la barca, dice
¿Es realmente necesario? dice Signe
No vendría mal, dice Asle
Pues ten mucho cuidado, dice Signe
y él se acerca más a la ventana y trata de mirar
afuera y no ve más que oscuridad y luego la lluvia contra el cristal y dice pues entonces me voy

Sí, pero vuelve pronto, dice Signe

Solo voy a ver cómo está la barca, dice Asle

Y voy bien abrigado, ya sabes, dice

Es bueno el jersey que me hiciste, dice

y le sonríe y ella lo ve salir por la puerta y cerrarla detrás de sí y, ahí echada en el banco, se ve a sí misma quieta en medio de la sala ¿y por qué siempre tendrá que verse ahí quieta? piensa, y ve que Ales se incorpora y se sienta en el borde del banco y se sube el sayo y luego Ales toma en brazos a Kristoffer y se lo lleva al pecho y él hociquea y encuentra el pezón y mama y mama y ella ve que Ales le acaricia el pelo negro y luego se ve a sí misma acercarse a la ventana y se ve apostarse ante la ventana y mirar hacia afuera, y piensa, ahí echada en el banco ¿cómo pudo desaparecer así? ¿qué sería de él? ¿por qué desapareció? ¿qué fue de él? ¿por qué desapareció, así, sin más? piensa, siempre estaba aquí, y luego sencillamente desapareció, y la barca, piensa, la encontraron flotando en medio del Fiordo, vacía, una oscura tarde de otoño, a finales de noviembre, hace ya muchos años, veintitrés años hará ya, piensa, fue en 1979, un martes, sucedió, no volvía y ella pensaba que se habría entretenido un poco en el Fiordo, piensa, que ya volvería, pero pasaron las horas, horas y horas, no, no puede pensar en eso, porque hay todavía mucho dolor ahí, piensa, no, no quiere pensar en eso, piensa, porque simplemente desapareció, nunca regresó, ella salió a buscarlo, claro, se quedó ahí quieta en el Muelle, en la oscuridad, bajo la lluvia, en el viento, se quedó ahí quieta, esperando, y ya tendría que venir ¿no? ¿por qué no venía? pero no, ay no, no es capaz de pensar en eso, nunca volvió, solo volvió la barca, que al día siguiente estaba golpeando las grandes piedras de la Playa de la Cala, y la barca estaba vacía, ay no, no debe pensar en eso, piensa, nunca volvió, desapareció, lo buscaron, claro, pero no, no soporta pensar en eso, en la búsqueda, durante varios días, el dragado, y luego la barca, vacía, ahí en la Playa, lanzada a la Playa por las olas, y luego los dos chicos de la granja vecina que quemaron la barca, y eso en realidad estuvo bien, piensa, porque la barca tampoco podía quedarse ahí tirada en la Playa hecha añicos ¿y tuvo ella fuerzas para hacer algo al respecto? no, la barca se quedó ahí tirada, durante un año, quizá, hasta que vinieron los dos chicos de la granja vecina a preguntar si podían quemar la barca en la hoguera de San Juan, y ella les dio permiso, piensa, y entonces los chicos quemaron la barca, y así desapareció la barca también, y no debe pensar en eso, no puede, piensa, no, no puede pensar en eso, no lo soporta, no puede pensar en eso, piensa, y en el fondo nunca llegó a entenderlo del todo, desde el mismo momento en que lo conoció, piensa, y quizá por eso se sentía tan atada a él, desde la primera vez que se vieron, cuando él vino caminando hacia ella, con su pelo largo y negro, y desde entonces hasta ahora, o al menos hasta que desapareció, fueron el uno para el otro, piensa ¿y por qué será así? ¿por qué se atan así las personas? o al menos ella a él, y él, bueno, sí, él también estaba atado a ella, pero quizá no tanto como ella a él, pero, aun así, bueno, sí, estaban atados el uno al otro, claro, él a ella, y ella a él, pero quizá ella estaba más atada a él que él a ella, puede ser, pero ¿qué más dará? ¿por qué pensar así? piensa, el caso es que él se quedó con ella, no se fue, se quedó allí con ella, hasta que simplemente desapareció, piensa, estuvo con ella, desde la primera vez que lo vio venir caminando hacia ella, y la miró, y ella se quedó ahí quieta, y se miraron, se sonrieron, y era como si se conocieran de antes, como si se conocieran de toda la vida, de alguna manera, y simplemente hiciera una eternidad que no se veían, y que por eso la alegría fue tan grande, el reencuentro les produjo tanta alegría a los dos que la alegría tomó el mando, los dirigió, los dirigió el uno hacia el otro, como si hubieran perdido algo, algo que les hubiera faltado toda la vida, pero que ahora estaba ahí, por fin, ahora estaba ahí, así lo sintieron la primera vez que se vieron, por mera casualidad, como fue en realidad, y no les resultó difícil, ni les dio miedo, es que era como una obviedad, como si no se pudiera hacer nada al respecto, como si ya estuviera decidido, y dijera ella lo que dijera, hiciera lo que hiciera, no supondría ninguna diferencia, pasara lo que pasara ocurriría lo que ya estaba decidido, piensa, sí, así fue, no había nada que hacer al respecto, aunque sí llevó su tiempo, él no era exactamente impetuoso, y ella tampoco lo era, ni falta que hacía, aquello estaba ahí, y era como era, hicieran algo o no hicieran nada, piensa, pero al final, bueno, al final le llegó una carta donde él le contaba lo difícil que le había resultado encontrar su dirección, y algo sobre la vida cotidiana, no mucho más, solo unas palabras, unas pocas palabras, corrientes, pequeñas, en absoluto grandes palabras, pero fue suficiente, porque tampoco es que haga falta más, y ella contestó, claro que sí, y un poco de apuro le da pensar en las cartas que le mandó, piensa, porque aunque él no recurriera a las grandes palabras ella sí que lo hizo, le escribió palabras grandes, pero será mejor que no piense en eso, porque si algo no le gustaba a él eran las palabras grandes, las grandes palabras solo encubrían y ocultaban, no permitían que lo que había fuera y viviera, sino que lo forzaban a encajar en algo que se pretendía grande, así pensaba él, y así era, a él le gustaba lo que no pretendía ser grande, piensa, en la vida, y en todo, y así era también esa barca suya, una pequeña barca de madera, un bote de remos, construido por Johannes de la Ensenada, que así llamaban a aquel viejo, y ni el constructor ni la barca que construyó eran del todo de fiar, y quizá, ay, no, no debe pensar eso, piensa, y se ve a sí misma ahí quieta ante la ventana mirando hacia afuera, y entonces, ahí echada en el banco, ve que Ales se aparta a Kristoffer del pecho y él llora un poco y luego se duerme en los brazos de Ales y ella ve que Ales se baja el sayo y con Kristoffer en brazos se levanta y abre la puerta de la alcoba y sale y cierra la puerta tras de sí y entonces ella mira hacia sí misma ahí quieta ante la ventana mirando hacia afuera, y ya no puede seguir aquí quieta más tiempo, piensa, aquí quieta ante la ventana, no puede quedarse aquí quieta ante la ventana, porque él no va a volver, así que será mejor que haga algo, que se siente, que eche más leña al fuego, en cualquier caso no puede quedarse aquí quieta, piensa, porque él debe de estar a punto de llegar, piensa, claro que sí, hace demasiado mal tiempo para que esté afuera, y tampoco puede quedarse ahí afuera en el Fiordo hasta las tantas, y ojalá su barca fuera de fiar, porque el constructor de barcos, el viejo, nunca estuvo bien del todo, y cómo vas a estarlo, si te pasas la vida en un cobertizo remachando barcas, venga a remachar, un día tras otro, y al final tienes una barca, una barquita de madera, un bote de remos, de cuatro metros y medio de largo, quizá cinco, estrecha, y acabada en punta tanto por delante como por detrás, y fina, solo un fino casco separa al que va en la barca del mar, de las olas, del gran abismo del Fiordo, ese abismo interminable, más de mil metros hay, desde aquí arriba, donde están la luz y el aire y la oscuridad, hasta llegar, bajando, bajando, bajando por el Fiordo, a una especie de fondo. Y luego una tablas finas, tres en cada costado, entre el hombre en la barca y el agua y la gran oscuridad por debajo de él, y luego las olas, como aquella vez que ella salió con él en la barca y una ola rompió sobre la borda, no, no, no debe pensar en eso, piensa, y ve cómo la lluvia corre por el cristal, y no ve nada al otro lado de la ventana, solo la oscuridad, y luego el viento, que no deja de soplar, y qué raro que hoy se haya puesto así el tiempo, con lo tranquilo y marrón y lento que estaba todo esta mañana, pero ahora hay viento y lluvia, de la mala, piensa, y ojalá llegara ya, tanto esperar, siempre esperando, debe de gustarle, debe de gustarle esperar, piensa, y, ahí echada en el banco, se ve a sí misma cruzar la sala hacia la puerta de entrada y se ve detenerse, y quedarse quieta en medio de la sala con la mirada perdida, y esto, esto de que siempre tenga que verse a sí misma, piensa ¿no podría ahorrárselo? esto de que todo lo que fue tenga que seguir aquí es bastante, bastante, en fin, no sirve de nada pensar eso, piensa, y se lo imagina tal como vino andando hacia ella, con esos andares suyos un poco encorvados, el pelo largo y negro, y de pronto estaba ahí, quieto ante ella, y era como si siempre hubiera estado ahí, y ahora, bueno, desde entonces simplemente fue así, no había nada que hacer al respecto, era como si fuera imposible evitarlo, porque ella sí que lo intentó, claro, pensó esto y lo otro, hizo esto y aquello, pero, hiciera lo que hiciera, cada vez estaba más claro que eran el uno para el otro, como si la voluntad no existiera, y lo mismo para él, él quería y no quería, trató como pudo de librarse, pero luego, bueno, luego la cosa fue como fue y como seguramente había sido siempre, piensa, y no puede seguir aquí echada, piensa, porque tiene que incorporarse, levantarse, tiene que hacer algo, no puede quedarse aquí echada en el banco, piensa, y se ve a sí misma ahí quieta en medio de la sala con la mirada perdida, y luego se ve acercarse a la puerta de entrada y se ve agarrar el picaporte y se ve ahí quieta con la mano en el picaporte y piensa, ahí quieta con la mano en el picaporte, ¿por qué no viene? y siempre igual, esperando, esperando, pero es que tarda mucho ¿no podría venir ya? piensa, y suelta el picaporte y, ahí echada en el banco, se ve a sí misma acercarse de nuevo a la ventana y se ve colocarse y ya está de nuevo ahí quieta mirando por la ventana y piensa que ya pronto tendrá que llegar y él piensa que hay que ver lo bravo que se ha puesto el mar, y lo fuerte que está la marea, piensa, ahí quieto en el Muelle, mira que se ha puesto malo el tiempo, piensa, porque la marea está muy alta, tanto que las olas, cuando llegan, rompen por encima del Muelle y le lamen las botas, y la barca se columpia arriba y abajo ahí afuera entre las olas, tan alto como si fuera a zozobrar sube, y tan bajo como si la ola siguiente fuera a romper sobre la proa e inundar la barca baja, antes de volver a subir, una y otra vez, y otra, pero como el mar se ponga más bravo aún, no ve él que la cosa pueda acabar bien, piensa, y se vuelve y piensa que, de todos modos, tendrá que volver a casa, piensa, no hay nada que él pueda hacer con esto, aunque tan mal tampoco está el tiempo ¿no? viento sí que hace, pero ¿qué más dará eso? al fin y al cabo la barca es buena, seguro que aguanta el tipo incluso con este tiempo, piensa, así que quizá pueda darse hoy también una vuelta por el Fiordo, porque la barca es buena, la verdad, piensa, seguro que aguanta el tipo incluso con estas olas, piensa ¿y por qué no? ¿por qué no iba a darse una vuelta? piensa, y sale hasta la punta del Muelle y las olas le lamen las botas y él suelta la amarra y empieza a tirar de la barca hacia tierra, solo un ratito, tiene que salir un ratito a las olas y al viento y a la lluvia, y a la oscuridad, piensa, y debe tener cuidado, para que la barca no choque contra el Muelle, piensa, y tira con cuidado de la barca y luego consigue agarrar con una mano la roda y mete un pie por la proa y luego el otro pie y ya está a bordo y las olas lo mecen a él y a la barca, arriba y abajo, y se da impulso y agarra

un remo y apoya el remo contra el Muelle y se
da impulso y consigue soltar la amarra trasera y
la barca sube y baja en la oscuridad y él se sienta en la bancada del medio y saca los remos y
rema con todas sus fuerzas contra las olas y la
cosa va bien, la barca sube y baja con las olas, y
él rema con todas sus fuerzas y la barca se mueve
hacia delante, pesada y lenta, arriba y abajo con
las olas, arriba y abajo, pero hacia delante, la cosa
va bien, la barca se va adentrando en el Fiordo,
cada vez más adentro, en el viento, bajo la lluvia,
y aunque la oscuridad está cerrada a su alrededor,
la verdad es que de alguna manera extraña no está
oscuro, piensa, porque el Fiordo reluce en negro
y tanto frío tampoco hace, él lleva su jersey negro y abrigado, y además remando entra en calor,
piensa, y mira a su espalda y ahí, ahí delante, más
o menos en medio del Fiordo ¿qué es eso? ¿no
parece una hoguera? ¡sí! ¡pero esto! ¡esto no puede ser! piensa, y descansa sobre los remos y al momento las olas vuelven a empujarlo hacia tierra y
él empieza a remar de nuevo y mira hacia atrás
y ahí, pues sí, fíjate, piensa, ahí hay una hoguera, al
menos parece una hoguera y la hoguera es grande,

pues sí, sí que hay una hoguera, ahí en medio del Fiordo, piensa, y rema más y mira hacia la Playa, y ahí, ahí adentro, en tierra ¿no es la Abuela la que está ahí? ¿no está la Abuela ahí quieta mirando el Fiordo? ¡pero esto, esto! piensa, no entiende nada, piensa, y se apoya sobre los remos, y será mejor que reme hasta donde supuestamente está esa hoguera, piensa, y seguro que ella está ahí esperándolo ante la ventana y piensa que hay que ver lo que la quiere y ella piensa que tendrá que salir ya a buscarlo, piensa, ahí quieta ante la ventana mirando la oscuridad, y esto de que sea así, de que siempre tenga que estar aquí ante la ventana, piensa, y mira la oscuridad de afuera y ve una hoguera, ahí en medio del Fiordo, una hoguera morada, hay una hoguera morada en medio de la oscuridad del Fiordo, piensa, y ve la lluvia correr por el cristal y mira que tarda, piensa, tendrá que salir a buscarlo ¿no? piensa, tendrá que salir ya, salir a buscarlo ¿no? piensa ¿por qué no vendrá? no suele demorarse tanto en el mar ¿no? bueno, sí, lo hace a menudo, ha ocurrido muchas veces, así que ¿por qué se inquieta tanto? no pasa nada anormal, todo sigue como siempre, no pasa hoy nada raro, piensa, aunque sí que es raro ¿y qué va hacer si no viene? siempre puede salir a buscarlo, piensa, bajar hasta el Cobertizo, hasta el Muelle, pero es que hace muy mal tiempo, llueve y hace viento y el otoño está avanzado, están a finales de noviembre, y hace frío, es un martes de finales de noviembre, y seguro que no tarda en venir, se está inquietando por nada, piensa, pero, bueno, ella se conoce a sí misma, tiene que ser fuerte, piensa, no pasa nada, y él no tardará en llegar, piensa, es ella que se inquieta, pero solo, es que, bueno, ya está, piensa, no puede seguir aquí quieta, pero puede salir, bajar al Fiordo a ver si lo ve, piensa, y, ahí echada en el banco, se ve a sí misma acercarse a la puerta de entrada y abrirla y en el momento en que la puerta está abierta y se ve a sí misma salir, ve a un niño entrar y ve que la puerta se cierra y luego ve que el niño se acerca a la ventana y se pone ahí a mirar por la ventana y el niño tendrá unos seis o siete años, piensa, un chiquillo, eso es lo que es, piensa, y ve que la puerta de entrada se abre y un hombre, alto y flaco, desgarbado, con el pelo largo y negro, y una barba rala y negra, entra y se queda ahí quieto y se pone como severo, con una mano a la espalda, y luego llega una mujer, menuda, morena, delgada, con una larga melena negra, se parece un poco a ella misma, y la mujer entra y cierra la puerta tras de sí y el hombre de la barba le guiña un ojo a la mujer y tanto el hombre como la mujer miran hacia el niño y él se vuelve hacia ellos, y los mira con los ojos como platos, y los dos le sonríen

Asle, dice entonces la mujer

Creo que padre Kristoffer tiene algo para ti, porque hoy es tu cumpleaños, hoy cumples siete años, es 17 de noviembre, dice

Hoy es el 17 de noviembre de 1897, como dice madre Brita, dice Kristoffer

y Asle los mira, tímido y emocionado

Es así, como dice Brita, dice Kristoffer

y Kristoffer rodea el hombro de Brita con el brazo que tiene libre y de pronto Kristoffer saca la mano que tiene a la espalda y en la mano hay una barca, una barquita de remos, de medio metro de largo, con sus bancadas y sus remos y su achicador y todo lo necesario, y le tiende la barca a Asle

Felicidades por tu séptimo cumpleaños, Asle, dice Kristoffer

Un niño tan bueno y tan mayor como tú, Asle, debe tener una barca, dice

Sí, con lo bueno que tú eres, Asle, dice Brita

y Asle se acerca a Kristoffer, que le pasa la barca, y Asle agarra la barca, y se queda quieto mirándola, y luego Kristoffer le tiende la mano y Asle le toma la mano y entonces Kristoffer sacude la mano de Asle con movimientos regulares de arriba abajo y Asle simplemente está quieto mirando la barca

Debería ser una buena barca, dice Kristoffer

Como ves, tiene sus bancadas y sus tablas en el suelo y sus remos y su achicador y todo, dice

Y la madera está blanca y bonita, y además la barca huele un poco a brea, como tiene que oler una barca nueva, dice Brita

Es una barca bonita la que te ha hecho padre Kristoffer, dice

Eso es porque tú eres un muchacho estupendo, Asle, dice Kristoffer

La has hecho tú, dice Asle

y Kristoffer dice que sí que la ha hecho, sí,

cuando era joven, hace ya mucho tiempo, aprendió a construir barcas, y aunque no haya construido muchas, el arte de construirlas sí que lo aprendió, dice, y entonces Kristoffer se acerca a Asle, que mira y mira la barca, y Kristoffer le rodea el hombro con un brazo

Tengo que probar la barca enseguida, dice Asle

Sí, las olas no están tan altas como para que no puedas probarla, dice Kristoffer

Pero ten cuidado, dice Brita

Cuidado tienes que tener, dice

Asle tendrá cuidado, por supuesto, dice Kristoffer

y Asle está ahí quieto, mirando y mirando la barca, y luego se va hacia la puerta de entrada y Kristoffer le hace un gesto a Brita y ella le sonríe y entonces ella, ahí echada en el banco, ve que Brita sale por la puerta de la cocina y que Kristoffer la sigue y cierra la puerta tras ellos y luego ella se ve a sí misma entrar por la puerta abierta de entrada con un impermeable puesto y se ve a sí misma pararse en la puerta y mirar la sala y luego se ve salir y cerrar la puerta tras de sí, y ahí quieta en la entrada piensa que hay que ver, tan tarde no recuerda que haya vuelto nunca, ya es casi de noche y él aún no ha vuelto a casa, va a tener que salir a buscarlo, tendrá que bajar al Cobertizo, al Muelle, tiene que salir a buscarlo, porque esto, este viento, esta lluvia, esta oscuridad, y cómo es que no viene, piensa, y sale por la puerta de la casa y hace viento, y llueve, y la oscuridad está negra, y el frío que hace, y tiene que empujar la puerta exterior para conseguir cerrarla, tanto viento hace, y la empuja, consigue cerrar la puerta, y ahí está quieta bajo la luz del farol, sobre la losa ante la puerta, y oye las olas, la lluvia, y luego las olas, y qué frío hace, no puede quedarse aquí quieta, piensa, al fin y al cabo ha salido porque quiere bajar a la Playa a buscarlo, quizá para llamarlo, pero tampoco puede ponerse a gritar en la oscuridad de la noche ¿no? ¿eso se puede hacer? no, eso no se puede hacer, claro, piensa, y sale del Patio y dobla la esquina, se para y se queda ahí quieta mirando el Camino Chico ¿y no es él quien sube por el Camino Chico? sí, tiene que ser él ¿no? piensa, y menos mal, por fin está subiendo por el Camino

Chico, a pesar de lo negra que está la oscuridad es capaz de verlo, claro que es capaz, ay, menos mal, piensa, pero por ahí, por el Camino Chico, no es él quien viene, la que viene es una mujer, y parece que lleva un niño en los brazos, y el niño parece tan grande en sus brazos, pero ¿esto qué es? piensa ¿qué está pasando? y lo ve todo con mucha claridad, como si fuera a la luz del día, ay, esto no hay quien lo entienda, piensa, y ve que la mujer viene andando hacia ella y sí que lleva un niño en los brazos y se aprieta al niño contra el pecho, y la mujer anda muy deprisa, y el niño ¿está vivo? porque la mujer que viene lleva un niño en los brazos, y el niño está como sin vida, tiene la ropa mojada, tiene el pelo mojado, y en los ojos de la mujer, unos ojos grandes, hay como un rayo de sol amarillo de desesperación, pero ¿esto qué es? ¿esto qué es? piensa, y la mujer, que tiene una tupida melena negra, se para en el Camino Chico y se queda ahí quieta apretando al niño contra su pecho y simplemente se queda ahí quieta, en medio del Camino Chico, con la cabeza gacha, con el niño en los brazos, y ella mira hacia la mujer, que está ahí, inmóvil, y luego oye una voz que grita ¿qué pasa? y mira hacia abajo, hacia el Fiordo, y ahí, en el Sendero del Cobertizo, ve a un hombre, alto y flaco, desgarbado, y con el pelo largo y negro, con la barba rala y negra, subir corriendo y en una mano trae un aro con pescados insertados, y una parte del pelo le tapa la cara

¿Qué pasa, madre Brita? grita el hombre

¿Qué ha pasado, qué le pasa a Asle? grita

y el hombre corre por la cuesta arriba y ella ve que la melena negra de Brita, su tupida melena negra, cuelga y cubre a Asle, al niño que tiene en los brazos, y entonces Brita empieza a mecerse a sí misma y a Asle, adelante y atrás, y el hombre ya ha llegado junto a Brita y estira los brazos y rodea con ellos a Brita y a Asle y luego se queda ahí quieto abrazándolos y hacia el suelo, por detrás de la espalda de Asle, cuelgan los pescados que el hombre lleva ensartados en el aro y su pelo largo y negro ha caído sobre la melena de Brita y sobre Asle y simplemente se quedan ahí quietos, inmóviles, mientras el tiempo pasa, piensa ella, ellos están ahí quietos, simplemente están, y luego Kristoffer suelta a Brita, y se aleja un poco de ella

¿Qué ha pasado? dice

Asle se ha caído al agua, dice Brita

¿Está vivo? dice el hombre

Sí, Kristoffer, dice Brita

Hoy cumple siete años, es el séptimo cumpleaños de Asle, dice Kristoffer

Asle está muerto, Brita, dice

No está muerto, no digas eso, no digas eso, Kristoffer, dice Brita

Asle está muerto, dice Kristoffer

Cumplió siete años, y luego se murió, dice

No, está vivo, dice Brita

¿No ves que está muerto? dice Kristoffer

y Brita está ahí quieta con Asle en los brazos y los brazos de Asle cuelgan, y le cuelga la cabeza, y los ojos está abiertos y vacíos

No llegaste a hacerte mayor, solo cumpliste siete años, tendrías que haber vivido mucho más, no tan poco, dice Kristoffer

y Brita está ahí quieta, inclinada hacia delante, con su larga melena negra y tupida colgando sobre Asle

Está vivo, dice Brita

y Brita mira a Kristoffer a través de la melena

No, está muerto, dice Kristoffer

y Kristoffer se aleja un poco más de Brita, y se para, mira hacia ella

Brita, dice Kristoffer

y Brita no contesta, simplemente sigue ahí quieta, con su larga melena negra colgando ante los ojos

Asle está muerto, dice Kristoffer

Asle está vivo, dice Brita

No digas eso, Kristoffer, no digas que está muerto, dice

Asle se ha ido, dice Kristoffer

Se ha muerto, dice

y Kristoffer empieza a subir por el Camino Chico, dobla la esquina de la casa, se adentra en el Patio, despacio, paso a paso, y los pescados en el aro se van columpiando de un lado a otro, y por cada paso que da es como si fuera a desplomarse y convertirse en la tierra sobre la que camina, piensa ella, y ve a Kristoffer pararse y quedarse ahí quieto con la mirada gacha, está ahí quieto con un aro de pescados en una mano y la mirada gacha y ella se vuelve y empieza a bajar por el Camino Chico y se detiene junto a Brita y entonces levanta la mano y acaricia suavemente la tupida melena negra de Brita, le acaricia una y otra vez la melena y entonces oye pasos y ve a Kristoffer bajar por el Camino Chico y los pescados del aro van columpiándose de un lado a otro y Kristoffer también se para y luego acaricia también la melena de Brita

Anda, ven, Brita, dice Kristoffer

No puedes quedarte aquí, dice

Tenemos que entrar, dice

Tenemos que llevar a Asle a casa, dice

y Brita levanta la vista y a través de su larga melena mira a Kristoffer

Hoy es 17 de noviembre, dice Brita

Es el 17 de noviembre de 1897, dice Kristoffer

El 17 de noviembre de 1897, dice Brita

y Kristoffer rodea con un brazo los hombros de Brita y caminan lentamente Kristoffer y Brita, Brita con Asle en los brazos, Camino Chico arriba

El 17 de noviembre de 1897 murió Asle, dice Brita

Y nació el 17 de noviembre de 1890, dice

y Kristoffer se para, y Brita se para, y se quedan ahí quietos mirando la tierra marrón y entonces se abre la puerta de la Casa Vieja y sale una vieja y se para en la losa ante la puerta y Kristoffer mira hacia ella

Asle se ha ido, vieja Ales, dice Kristoffer

No os podéis quedar ahí, dice la vieja Ales

Los caminos del Señor son inescrutables, dice

Asle está bien, está en el Cielo con Dios, así que no os apenéis, dice

No os apenéis, dice

Existe un Dios bueno, dice

y la vieja Ales se lleva una mano, de dedos cortos y retorcidos, a un ojo y se pasa el costado del índice a lo largo del ojo

Un Dios bueno, dice

y entonces la vieja Ales agacha la cabeza y unos espasmos le recorren los hombros y luego simplemente se queda ahí quieta, simplemente se queda ahí, igual que también están ahí quietos Kristoffer y Brita, y Brita con Asle en los brazos. Cada vez es más de noche, y ellos simplemente siguen ahí quietos. Simplemente están ahí quietos, es que no se mueven, piensa ella.

Están ahí quietos, están ahí quietos como si estuvieran ahí quietos desde tiempos inmemoriales, piensa. Y ella está ahí quieta. Está ahí quieta mirando a Asle, a Brita, a Kristoffer, a la vieja Ales. Y luego se vuelve, y allá, a lo lejos, sobre la punta del Cerro, donde acaba el Prado, antes de bajar en diagonal hacia el río al otro lado, el río que sigue la Montaña a sus espaldas, desde la Cascada del interior, allí, sobre la punta del Cerro, allí ve a un niño quieto, y el niño está inmóvil, simplemente está ahí quieto, mirando hacia la Casa Vieja, su casa ¿y no lleva una vara? sí que la lleva, sí, una vara larga, fabricada con una rama, descansa sobre su hombro ¿y quizá haya estado pescando con la vara en el río? piensa, y luego ve al niño ¿y podría ser él de pequeño? ¿no se le parece? pero ¿cómo puede saber que es él a tanta distancia? piensa, pues porque está muy lejos y muy cerca al mismo tiempo, y porque es como si fuera muy de noche y totalmente de día al mismo tiempo, piensa, y esto no hay quien lo entienda, porque allí a lo lejos ve a un niño, quieto sobre la punta del Cerro, y aun así puede verle perfectamente la cara, como si estuviera aquí al lado, y ahora ve perfectamente que es él, y ve que echa a correr hacia ella, y de pronto la cara es otra, es una cara completamente distinta, aunque el pelo sigue siendo negro, tal como es negra la melena de ella ¿y no se parece al Asle que tiene Brita en brazos? piensa, sí, claro que se parece, piensa, y ve al niño que viene corriendo hacia ella, pero ¿no es él de pequeño? pues sí, de nuevo es él y no el Asle que tiene Brita en los brazos, ahora lo ve muy claro, y luego, en cuanto era él, resulta que es otro, un niño de la misma edad, pero otro, y este niño debe de ser el Asle que tiene Brita en los brazos, y ahora el niño ha llegado casi al Patio, y ella se vuelve y mira hacia la Casa Vieja, su casa, y allí, en el Patio, ve que Brita sigue con Asle en los brazos y Kristoffer sigue ahí con los pescados en un aro y en la losa ante la puerta de la casa está la vieja Ales y ahora lo ve, ahora lo ve, ahora ve que el niño que viene corriendo hacia ella es el Asle que tiene Brita en brazos y ve al niño soltar la vara y luego es como si desapareciera dentro del niño que tiene Brita en los brazos. Y entonces la vieja Ales se endereza, ahí quieta sobre la losa ante la puerta, y lentamente se vuelve y entra en la Casa Vieja. En su casa, la vieja Ales entra en su casa, piensa. Y en el Patio de la Casa Vieja, su casa, está quieta Brita con Asle en brazos. Y entonces Kristoffer se acerca a Brita y toma en brazos a Asle y lo aprieta contra su pecho, y el aro con los pescados se columpia sobre el suelo, y entonces Kristoffer empieza a mecerse a sí mismo y a Asle, adelante y atrás, y los pescados del aro se mueven adelante y atrás

No, no puede estar muerto, dice Brita

y Kristoffer no responde

No puede habernos dejado, dice ella

Mi propio hijo, mi hijo querido, dice

Mi hijo amadísimo, dice

Pero ¿dónde está Olav? dice

¿Sabes dónde está Olav, Kristoffer? dice

y como si llevara a Asle a la pila bautismal Kristoffer entra en la Casa Vieja, su casa, y Brita sigue ahí quieta y luego Brita se pasa una mano por el pelo para apartárselo de la frente y su rostro está ahí como un cielo vacío y luego Brita entra en la Casa Vieja en la que vive ella, en la Casa Vieja en la que ella lleva ya muchos años viviendo con él, Brita entra en su casa, en lo que se ha convertido en su casa, piensa ella, en su casa entra, con sus ropas extrañas, con su larga y tupida melena negra entra Brita en su casa, en la Casa Vieja que es de él y de ella entra, piensa, y ahora, ahora que una persona cualquiera ha entrado en su casa, ahora que una persona cualquiera vive en la Casa Vieja, ella ya no podrá entrar ¿no? ya no será su casa ¿no? ¿y puede entonces entrar en ella? piensa, pues no, no podrá ¿no? pero es que son él y ella los que viven allí, nadie más, piensa, llevan ya muchos años viviendo allí, ellos dos, solo ellos dos, piensa, y entonces nota la lluvia, pero si es que está afuera, bajo la lluvia, en la oscuridad, y hace viento, y hace frío, y no se puede quedar aquí afuera, piensa, pero es que él no ha vuelto a casa. ¿Y dónde estará? ¿Dónde se habrá metido? Salió al Fiordo con su barca, pero aún no ha vuelto, y ella teme por él, claro ¿puede haberle pasado algo? piensa ¿por qué no vuelve? pero la verdad es que piensa así a menudo, piensa, casi a diario piensa así, porque él sale todos los días con su barca, eso hace, y ella casi siempre se inquieta por él y piensa que ya pronto tendrá que volver, piensa. ¿Y ha cambiado hoy algo? No que ella sepa, piensa. Todo sigue como siempre, supone. Todo sigue como siempre. Es un martes cualquiera de finales del mes de noviembre, y el año es 1979. Y ella es ella. Y él es él. Pero quizá deba bajar de todos modos a la Playa, bajar al Cobertizo, quizá deba salir a buscarlo de todos modos, piensa. Pues sí, será mejor que haga eso, piensa. Le sentará bien salir un rato al aire libre, aunque llueva y haga viento, piensa. Eso despabila. Tampoco puede pasarse la vida metida en la Casa Vieja, su casa. Pasa demasiado tiempo allí metida. Días enteros se pasa allí, con frecuencia no sale en absoluto. Eso está muy mal. Tiene que procurar salir, de vez en cuando. Y eso de que se inquiete tanto, bueno, siempre lo hace ¿no? pues sí, pero de todos modos puede bajar al Fiordo, piensa, eso sí que puede hacerlo, piensa, pero entonces ¿por qué se queda aquí quieta? si quiere ir, tiene que ir, no puede quedarse aquí quieta, piensa, es un martes, a finales de noviembre de 1979, y ella está aquí quieta, piensa, y entonces echa a andar por el Camino Chico, pero hace un momento ¿no fue a él a quien vio subir?

no, no puede haber sido él, claro, se lo habrá imaginado, piensa, pero ahora tiene que bajar a la Playa a buscarlo, llueve, hace viento, y hay que ver lo que ha oscurecido, ha oscurecido tanto que apenas ve por dónde va, y esto, este tiempo tan horrible, y este frío ¿por qué saldrá él con la barca con este tiempo? piensa ¿por qué lo hará? de verdad que no lo entiende ¿por qué no quiere estar con ella? piensa, en su lugar sale siempre con la barca, la barquita, una barquita de remos, y tendrá que venir ya, piensa, y está ya muy inquieta, porque él no suele quedarse tanto tiempo en el Fiordo, no cuando hace tan mal tiempo, y cuando oscurece tanto, y hace tanto frío, no recuerda que se haya quedado nunca hasta tan tarde ¿y por qué no vendrá? ¿qué pasa? no le habrá pasado nada ¿no? piensa ¿es posible que no vuelva nunca a casa? no, eso no puede ni pensarlo, piensa, ahora no puede hacer más que bajar a la Playa, y luego puede quedarse un rato allí en el Muelle a ver si aparece ¿no? porque en estos casos, cuando ella se queda en el Muelle, a veces él vuelve antes, piensa, porque la verdad es que ya lo ha hecho muchas veces, pues sí, muchas veces se ha dado un paseo hasta allí, hasta el Cobertizo y la Playa, para ver si lo ve, muchas veces ha estado ahí quieta en el Muelle esperando a que vuelva a tierra, es el paseo que se da ella con más frecuencia por la tarde, piensa, y cruza el Camino Grande y baja por el Sendero y entonces oye a una mujer gritar Asle, Asle, y dobla la esquina del Cobertizo y se para y ahí en la Playa ve la larga y tupida melena de Brita y de nuevo oye a Brita gritar ¡Asle, Asle! y entonces ve una barquita, de alrededor de medio metro de largo, una bonita barquita de remos, flotando en el agua negra y luego ve la cabeza de Asle asomar en el Fiordo y ve que sus manos forcejean con la olas y luego ve a Brita salir corriendo al Muelle y la cabeza de Asle vuelve a desaparecer bajo el agua, las manos, todo él desaparece bajo el agua y su barca flota en el Fiordo, alejándose, y Brita se zambulle desde el Muelle y empieza a nadar Fiordo adentro y la barca desaparece detrás de una ola y Brita nada con todas sus fuerzas, se impulsa, se obliga a avanzar, contra las olas, y las olas la empujan hacia atrás y Brita grita ¡Asle! ¡Asle! entre las olas y de nuevo aparece la cabeza de Asle, que emerge entre dos olas

¡Asle! grita Brita

y ella oye el grito de Brita llenar todo lo que hay, el Fiordo, la Montaña, y Asle no responde, y entonces llega una gran ola que cubre a Asle y vuelca la barca y esta queda dando bandazos en el agua y golpea a Brita y ya no se ve la cabeza de Asle y Brita lo agarra del pelo y lo mantiene agarrado y las olas rompen sobre ellos y la mano libre de Brita golpea el Fiordo y lo golpea y lo golpea y una gran ola impulsa a Brita y a Asle hacia tierra y entonces Brita hace pie en el cantil y una ola pasa por encima de su cabeza y Brita sube con esfuerzo a la Playa arrastrando a Asle del pelo y solo la cabeza de Asle asoma por encima del agua y Brita va saliendo del agua y su larga melena negra le cuelga por delante de la cara, y entonces se ve el torso de Asle, y Brita tira de Asle hacia ella y consigue introducir un brazo bajo sus rodillas y otro por detrás de la espalda, y Brita levanta a Asle y con la cara contra la lluvia Brita vadea por la Playa con Asle en los brazos y las manos del niño cuelgan y Brita consigue salir a la Playa y con Asle en los brazos Brita empieza a andar hacia el Cobertizo y ella ve que

Brita con Asle en los brazos dobla la esquina del Cobertizo y luego ve la barca de Asle flotando tan bonita en el agua y ve a Asle sujetando una vara y de la vara a la barca corre un cordel y Asle camina por la Playa, arrastrando delicadamente la barca con la vara y la barca se desliza tan ligera y bonita sobre el agua y luego Asle deja que la barca pierda la velocidad que trae y entonces la barca se queda cabeceando en el Fiordo y luego Asle levanta la vara y la barca traza lentamente una curva y luego se desliza hacia la Playa y entonces Asle retrocede un poco y conduce la barca hasta una especie de caleta que se ha construido entre dos grandes piedras y luego Asle suelta la vara y empieza a poner mejillones en la barca, un mejillón tras otro, y la barca se llena, y luego Asle da un empujoncillo a la barca y esta sale flotando de la caleta entre las dos piedras, y entonces Asle agarra la vara y echa a andar por la Playa y la barca avanza lenta y segura y el mar reluciente y sereno llega casi hasta la borda de la barca y Asle conduce tranquilamente la barca y luego se vuelve y ve aparecer a Kristoffer por detrás de la esquina del Cobertizo

¿Y qué transportas hoy, Asle? dice Kristoffer

Voy con género a Bergen, dice Asle

¿Qué género? dice Kristoffer

Un poco de todo, dice Asle

No me lo quieres contar, dice Kristoffer

Hombre, dice Asle

y Kristoffer dice que se imagina que debe de ser así, que en los negocios hay que tener ciertos secretos, dice, y pregunta si piensa quedarse mucho tiempo en Bergen

Unos días, dice Asle

Claro, aprovechando que vas a la ciudad, dice Kristoffer

Es que es un día de viaje, dice Asle

Eso es, dice Kristoffer

y Kristoffer sale al Muelle y empieza a tirar de su barca

Vas a salir con la barca, dice Asle

Voy a intentar pescar algo, comida hay que tener, dice Kristoffer

¿Puedo ir contigo? dice Asle

Claro que sí, dice Kristoffer

No, pensándolo bien, dice Asle

No tengo tiempo, dice

Ya me imagino, dice Kristoffer

Tienes la barca cargada hasta arriba, y además ibas camino de Bergen, dice

Ya saldré contigo otro día, dice Asle

Ahora te vas a Bergen ¿no? dice Kristoffer

Así es, dice Asle

y la barca de Kristoffer ha llegado ya al Muelle, y Kristoffer sube a bordo, suelta los amarres, se sienta en la bancada, mete los remos en el agua y se desliza por la Cala, luego se queda quieto, descansando sobre los remos

Ya hablaremos cuando vuelvas de Bergen, dice Kristoffer

Eso haremos, dice Asle

Y supongo que te traerás de vuelta algunas cosas ricas, dice Kristoffer

Eso creo, sí, dice Asle

y entonces Kristoffer agarra de nuevo los remos y se adentra en el Fiordo y Asle sigue caminando por la Playa y su barca se desliza tan bonita y Kristoffer rema con brío y su barca desaparece por detrás del Cabo y luego el mar se encrespa y unas pequeñas olas hacen que la barca de Asle bascule de un lado a otro y Asle levanta la vara, y la barca queda suspendida sobre el agua por delante, y por detrás se hunde, y entonces los mejillones se derrumban hacia atrás y caen al agua y Asle da un tirón de la vara y el cordel se desprende de la barca y esta queda a la deriva y Asle intenta alcanzarla con la vara y lo logra por los pelos, alcanza a tocar la barca y con cuidado trata de acercarla a tierra, haciendo un poco de presión con la vara, y entonces se le va, y la barca se aleja de costado Fiordo adentro y Asle suelta la vara, busca una piedra, la lanza, y la piedra cae justo delante de la barca y el oleaje que produce la piedra aleja la barca aún más de tierra y Asle busca otra piedra y la lanza y esta vez cae por detrás de la barca y esta vuelve a acercarse a tierra y Asle agarra la vara, y con ella consigue llevar la barca a tierra. Y Asle agarra la barca. Y Asle se queda ahí quieto con la barca en las manos, la mira y luego vuelve a poner la barca en el Fiordo, y la barca flota en la caleta entre las dos piedras y Asle se busca unas ramitas, toma unas astillas de una tabla que hay ahí tirada, carga bien la barca, y luego Asle toma la barca y la impulsa y la barca se desliza perfectamente por el agua y Asle encuentra una piedra pequeña, la tira tras la barca, y el oleaje producido por la piedra empuja la barca hacia afuera, y la barca cabecea, hacia arriba, hacia abajo, y entonces Asle busca más piedras, y va tirando una piedra tras otra hacia la barca, que lentamente se va alejando por el Fiordo y al poco la barca está bastante metida en la Cala y sigue adentrándose en el Fiordo y Asle agarra una piedra grande y bastante pesada, toma impulso y consigue levantar la piedra y lleva la piedra hasta la orilla y se pasa la piedra a una mano y trata de levantarla por encima de su cabeza, pero no lo consigue, así que con ambas manos se separa la piedra todo lo que puede del cuerpo por el costado y la lanza y la piedra cae a poca distancia en el agua y produce un fuerte oleaje que se extiende tanto hacia dentro, hacia él, como hacia fuera, hacia la barca, y esta sale disparada y se aleja por la Cala y Asle ve que la barca se adentra cada vez más en el Fiordo y de pronto es como si cambiara el tiempo, oscurece, arrecia el viento, llueve, aparecen olas y la barca cabecea arriba y abajo, y cada vez más lejos está la barca y entonces

Asle se quita los zuecos de dos patadas y se desabrocha el pantalón, se lo quita y se mete en el agua, hasta las rodillas se mete en el agua, y entonces viene una ola que casi le llega al muslo y allá adelante está su barca y él mira hacia la barca y ella, ahí quieta en la Playa, ve a Asle vadear hacia fuera y lo ve desaparecer bajo el agua y piensa que ya pronto tendrá que salir del agua y ella sale al Muelle y está tan oscuro que no se ve nada, y ya pronto tendrá que volver, piensa, y luego este viento, y esta oscuridad, y las olas, la fuerte marea, y qué frío hace, y tan encrespado está el mar que las olas rompen sobre el Muelle y sobre ella, hace un tiempo horrible, piensa, y ya pronto tendrá que venir ¿no? piensa ¿y ahí afuera? ¿no se ve una especie de luz? ¿como si luciera una hoguera, ahí afuera en el Fiordo? ¿y no reluce en morado? no, no puede ser, pero, aun así, piensa ¿y dónde estará él? ¿y su barca? no se ve nada, pero ¿dónde estará? ¿y por qué no viene? ¿no quiere estar con ella? ¿será eso? cómo puede querer estar en el Fiordo con este tiempo, y con esta oscuridad, es que no lo entiende, piensa, y trata de otear el Fiordo pero no logra ver nada, y tendrá que venir ya ¿no? piensa, tampoco puede quedarse ahí afuera en el Fiordo con este tiempo, con esta oscuridad, con un tiempo como este, y con esa barca tan pequeña, una barquita de remos, piensa. Y luego esta oscuridad. Y el frío que hace. ¿Y podrá ella quedarse aquí quieta? Pero ¿por qué no viene? ¿Acaso recuerda que él se haya quedado alguna vez en el Fiordo tanto tiempo con un tiempo como este, hasta tan tarde? piensa, no, no que ella recuerde ¿o sí? no, no cree, no cree que lo haya hecho nunca, piensa, y ella tampoco puede quedarse aquí quieta, piensa, porque tiene frío, hace frío, pero ¿podrá llamarlo? no, eso no se puede hacer, no puede ponerse a gritar ¿no? no puede estar aquí dando gritos en la oscuridad, piensa, pero ¿qué puede hacer? alguien tendrá que salir a buscarlo ¡eso! ¡alguien tiene que encontrarlo! pero ¿quién? tiene que conseguir que alguien con un barco grande y buenas luces salga al Fiordo y lo encuentre, piensa, pero ¿quién? ¿conoce a alguien? no, no conoce a nadie que pueda hacer eso, piensa, así que tendrá que quedarse aquí, quedarse aquí quieta, tendrá que quedarse aquí quieta esperando, piensa ¿y qué más? ¿gritar? ¿encontrar a alguien que tenga un barco grande? ¿un barco grande con luz? ¿o esperar? ¿quedarse aquí esperando? ¿o irse a casa a esperar? ¿simplemente volverse a casa a esperar? porque no puede quedarse aquí, y seguro que vuelve pronto, solo se está demorando un poco, piensa, y se vuelve por el Muelle y se para, porque ahí, ahí en la Playa, resulta que hay una hoguera ¿será una hoguera de San Juan? ¿y no hay dos chicos ahí junto a la hoguera? pues sí, sí que los hay ¿y no son los chicos de la granja vecina? piensa, pues sí, parece que son ellos, pero ¿una hoguera? ¿y eso ahora, en esta época del año? ¿con este tiempo? no, no puede ser, piensa, no hay quien encienda una hoguera con este tiempo, no, nadie haría una hoguera en una noche así, pero sí que hay una hoguera en la Playa y dos chicos de diez o doce años están ahí mirando la hoguera ¿y no es como una barca, una barca de remos, lo que están quemando? ¿no es una barca igualita a la que tiene él? piensa, qué cosa más rara, piensa, y ve las llamas elevarse sobre la barca, han prendido en diversos lugares de la barca y la hoguera tiene forma de barca y ahí están los dos chicos mirando fijamente las llamas ¿y esto qué es? piensa, es que no lo entiende, no puede ser, piensa, y no puede quedarse aquí quieta en el Muelle, porque hace frío, y tiene frío, y luego esta lluvia, este viento, pero y él ¿no vendrá ya pronto? ¿dónde se habrá metido? piensa, y de nuevo avanza por el Muelle, y luego esa hoguera tan extraña, piensa, una barca está ardiendo ahí en la Playa y dos chicos miran y miran la barca que está ardiendo, pero ¿esto qué es? piensa, y ahora, en esta época del año ¿por qué? piensa, y dobla la esquina del Cobertizo y sube por el Sendero y la lluvia y el viento han arreciado y la oscuridad ya está tan cerrada que no ve ni por dónde va, tiene que meterse en casa, piensa, tiene que irse a la Casa Vieja, su casa, y cuidar del fuego, no puede dejar que muera el fuego en la estufa, cuando él llegue a casa, empapado y aterido, del Fiordo, la casa tiene que estar caldeada, la Casa Vieja, su casa, la bonita sala de la Casa Vieja, donde viven, donde llevan ya muchos años viviendo, piensa, tiene que volver ya a casa, y tiene que echar leña a la estufa, piensa, y sube por el Camino Chico y se para y se vuelve, porque ¿no acaba de oír algo ahí detrás? ¿unos pasos? algo sí que ha oído, piensa, y mira hacia la Playa y allí sigue ardiendo una hoguera, pero ya no está tan grande como antes la hoguera, es como si ardieran solo unas pocas tablas, y arden con suavidad, y esto, esto de que haya ahora una hoguera ahí abajo en la Playa, en plena noche oscura, con esta lluvia, con este viento, piensa, y ve que la hoguera se apaga, y todo se pone oscuro y entonces se levanta una llama, y luego vuelve a ponerse oscuro, y luego se levanta otra llama, pero esta vez más chica, y luego vuelve la oscuridad y luego se levanta aún otra llama, pero esta es tan chica que apenas se ve, y luego se hace la oscuridad. Solo oscuridad. Solo lluvia. Solo viento. Y ahora sí va a tener que meterse en casa, piensa, y dobla la equina de la Casa Vieja, su casa, y ahí frente a ella en el Patio ve a una vieja pasar con un abrigo azul, y en la cabeza la vieja lleva el gorro amarillento que suele usar él, y la vieja se apoya en un bastón, y camina despacio y en una mano lleva una bolsa de la compra roja, y entonces ella ve que un niño chico camina junto a la vieja y también él tiene sujeta el asa de la bolsa de la compra, y ahora lo ve ¡es él de pequeño! es él quien anda por ahí, piensa, y ve que la vieja ha colocado dos dedos retorcidos sobre la pequeña mano del niño y la vieja y el niño suben a la losa de la puerta de entrada y ella apoya el bastón contra la pared y abre la puerta

Será mejor que nos metamos en casa, dice la Abuela

Será mejor, dice Asle

Has sido un buen chico, Asle, has ayudado mucho a la Abuela, dice la Abuela

Desde que murió el abuelo Olav, tú eres quien más ayuda a la Abuela, dice

y ella ve que la Abuela entra por la puerta y él entra detrás y ella piensa que tampoco puede quedarse aquí quieta en el frío aunque alguien acabe de entrar en su casa, en la Casa Vieja, porque sí es su casa, son él y ella los que viven allí, piensa, y claro que era él el que acaba de entrar, y la vieja, la vieja era su Abuela, piensa, así que, así que ella también podrá entrar ¿no? piensa, es que tiene que entrar, ella también, porque hace demasiado viento y llueve demasiado para quedarse aquí afuera, con este viento, esta lluvia, y este frío, ella también tiene que entrar, piensa, pero ¿puede entrar en la Casa Vieja, su casa, viviendo allí otra persona? piensa, solo que es ella la que vive allí, son ellos los que viven allí, ella y él, Signe y Asle, así que puede entrar sin más, piensa, y entra y ahí en la entrada ve a la Abuela quitarse el gorro amarillento y ponerlo sobre un estante y luego la Abuela se desabrocha el abrigo y lo cuelga de un gancho

¿Cierras la puerta de afuera, Asle? dice la Abuela

y ella ve que él va y cierra la puerta

Estos días hace frío, Asle, no hay que dejar que se escape el calor, dice la Abuela

Y está todo tan resbaladizo que para una vieja como la Abuela es peligroso andar por ahí, es peligroso hasta salir por la puerta, dice

Pero para ti, para ti no es peligroso, tú eres joven, Asle, dice

Para mí no, dice Asle

Para ti no, porque eres joven, dice la Abuela

y ella ve que la Abuela toma su bolsa roja de la compra y abre la puerta de la cocina y se mete

y luego ve que él la sigue y cierra la puerta tras
de sí y ahora ella tiene que pasar a la sala y echar
leña al fuego, piensa, porque la casa tiene que
estar caldeada para cuando él vuelva, así que ahora tiene que entrar y echar una buena cantidad
de leña a la estufa, piensa, porque no debe apa-
gársele el fuego, la sala tiene que estar caldeada y agradable cuando él vuelva del mar, con el
viento que hace, con lo que llueve, con la oscuridad que hay ahí afuera, y el frío que hace, así
que cuando vuelva a casa tiene que tener la sala
de la Casa Vieja caldeada y agradable, piensa, y se
quita el impermeable y lo cuelga del gancho del
que la Abuela acaba de colgar su abrigo, encima
del abrigo de la Abuela cuelga su impermeable,
y luego se acerca a la puerta de la sala y la abre y
entra y, ahí echada en el banco, se ve a sí misma entrar en la sala y se ve a sí misma volverse y
cerrar la puerta y luego se ve acercarse a la caja
de la leña y agarrar un par de leños y se ve agacharse y meter los leños en la estufa y luego se
ve a sí misma pararse y quedarse ahí quieta mirando las llamas y piensa, ahí quieta, que menos
mal que no se había apagado, que todavía había

fuego, y aquí adentro no hace mucho frío, así que ojalá llegara ya, piensa, y entonces ve que la puerta de la cocina se abre y el olor del tocino frito se extiende por la sala y entonces lo ve entrar desde la cocina y justo detrás viene la Abuela

Siéntate a la mesa, que enseguida estará la comida, dice la Abuela

Tú es que eres muy buena, Abuela, dice Asle

Tú sí que eres un buen chico, Asle, dice la Abuela

Es que nosotros somos buenos amigos, dice Asle

y ella ve que él se acerca a la mesa y se sienta a la cabecera y lo ve ahí sentado con las piernas colgando y la Abuela vuelve a salir a la cocina y él está ahí con las piernas colgando y luego la Abuela vuelve con un plato de tocino frito, huevos fritos, y patatas fritas y cebolla frita, y un gran vaso de leche lleva la Abuela en la otra mano

Bueno, ahora verás lo que alimenta esto, dice la Abuela

y la Abuela le pone el plato y el vaso delante y él empieza a comer y la Abuela se sienta a la otra cabecera y ella, ahí echada en el banco, se ve a sí misma ahí quieta mirando las llamas de la estufa y luego se ve a sí misma acercarse a la ventana y se ve quedarse ahí quieta mirando por la ventana y entonces mira, ahí quieta ante la ventana, hacia la puerta de la alcoba y esta se abre y entonces ve a Brita sosteniendo la puerta abierta y ve su pelo tan firmemente recogido alrededor de su cara y luego ve a Kristoffer en la puerta de la alcoba y en los brazos tiene un pequeño ataúd de color madera y pasa con él a la sala

Ha llegado la hora, dice Kristoffer

Sí hay que despedirse, dice Brita

Hay que hacerlo, dice Kristoffer

y ve que Brita cierra la puerta de la alcoba y luego Brita abre la puerta de la entrada y se queda ahí quieta manteniéndola abierta y ahí afuera en la entrada ve a la vieja Ales con las lágrimas corriendo por su cara rugosa y luego ve a Kristoffer salir por la puerta con el pequeño ataúd de color madera en los brazos y luego sale Brita, cierra la puerta tras de sí y entonces ella, ahí echada en el banco, se ve a sí misma acercarse al banco y luego se ve a sí misma echarse en el banco y se mete las manos por debajo del jersey y se las lleva a los pechos y luego se queda ahí echada sujetándose los pechos y luego se sube la falda con una mano y se sube la mano por el muslo y se mete la mano entre las piernas, deja ahí la mano, y mira hacia la mesa y ve que él se levanta

Gracias por la comida, Abuela, dice Asle

De nada, dice la Abuela

y la Abuela se levanta, recoge el plato y recoge el vaso vacío

Estaba muy bueno, dice Asle

Me alegro, dice la Abuela

y entonces la Abuela sale a la cocina y él la sigue y cierra la puerta tras ellos y ya no están, han desaparecido para siempre, piensa ella ahí echada en el banco, y piensa que hoy, hoy debe de ser jueves, y el mes es marzo, y el año es el 2002, piensa, y mira hacia la puerta de la alcoba y esta se abre y ahí está él

¿No vienes a acostarte? dice él

He calentado la cama, dice

y se mete el pelo largo y negro detrás de las orejas, y la mira

Ya pronto tienes que venir a acostarte, dice

y ella lo mira y luego aparta la mirada y mira
al vacío y luego se pone las dos manos sobre el
vientre y cruza las manos y oigo a Signe decir
Querido Jesús mío, ayúdame tú

OTROS TÍTULOS DEL AUTOR
EN ESTA COLECCIÓN:

Melancolía

Blancura

DE PRÓXIMA PUBLICACIÓN:

Escenas de una infancia